火箭诗情

献歌二十大

中国运载火箭技术研究院 编

U0953045

中国宇航出版社
·北京·

图书在版编目（CIP）数据

火箭诗情：献歌二十大 / 中国运载火箭技术研究院编. -- 北京：中国宇航出版社，2023.9

ISBN 978-7-5159-2199-0

Ⅰ. ①火… Ⅱ. ①中… Ⅲ. ①诗集－中国－当代 Ⅳ. ①I227

中国国家版本馆 CIP 数据核字(2023)第 013740 号

责任编辑 马 喆　　封面设计 王晓武

出版发行	中国宇航出版社		
社 址	北京市阜成路 8 号 (010)68768548	邮 编	100830
网 址	www.caphbook.com		
经 销	新华书店		
发行部	(010)68767386 (010)68767382		(010)68371900 (010)88100613(传真)
零售店	读者服务部 (010)68371105		
承 印	北京中科印刷有限公司		
版 次	2023 年 9 月第 1 版		2023 年 9 月第 1 次印刷
规 格	880 × 1230	开 本	1/32
印 张	9.125	字 数	200 千字
书 号	ISBN 978-7-5159-2199-0		
定 价	58.00 元		

本书如有印装质量问题，可与发行部联系调换

《火箭诗情——献歌二十大》
编 写 组

组　　长　王国辉

副 组 长　张为民

组　　员　杨铁诚　袁　振　左敬华

赵　昉　张娟娟　阎琳琳

尚　驰　王　冰　刘莎莎

王　莹　撒文昭　李盈盈

冯妙然　孙　莹　严硕颀

序

PREFACE

2022 年，是党和国家历史上极不平凡的一年，党的二十大全面擘画了推进中国式现代化的宏伟蓝图，提出了加快建设航天强国的重大战略。

中国航天创建以来，在党中央的坚强领导下，经过一代代航天人的踔厉奋发、艰苦奋斗，实现了从无到有、从小到大、从弱到强的历史性跨越，铸就了令世人瞩目、令国人自豪的空间站建造、探月探火、北斗导航等重大里程碑工程，使我国昂然跨入世界航天强国之列。

伟大出自平凡，平凡造就伟大。航天事业里的每一项高光成就，背后都凝聚着航天人的心血与智慧；航天事业中的每一个超燃瞬间，背后都承载着航天人的奋斗与梦想。一切平凡的工作，都可以创造不平凡的成就。是每一个航天人，在平凡的岗位上，怀揣航天强国梦想，用一次次飞天，追梦、筑梦、圆梦；是每一个航天人，在平凡的日子里，胸怀航天报国志向，用一次次成功，向上、向前、向强。

航天人既有实现千百年梦想的雄心壮志，也有含蓄浪漫的诗意情怀。中国文化讲究“歌以咏志、诗以言情”，航天人将航天报国情怀抒发于诗词歌赋，诗意共长天一色。《火箭诗情》一书选取了工作在中国运载火箭技术研究院（简称“火箭院”）的航天人的66首诗词力作，有故事万千、有豪情万丈、有柔情万种，道出的是他们精神的璀璨，绘出的是他们的志气、骨气、底气、豪气。

书的字里行间，可以看到这样一群活力迸发的航天新锐：

他们，胸有家国情怀，在天南海北，见过风沙漫漫，听过椰风阵阵，迎过海浪滔滔，将赤胆忠心付诸笔端，将艰苦奋斗写在大地；

他们，深藏功与名，于忠孝间，在“小家”和“大家”面前，选择干惊天动地事，做隐姓埋名人，将“功成不必在我、功成必定有我”的无私奉献精神写进漫漫征途；

他们，咬定青山不放松，欲与天公试比高，在关键核心技术攻坚的紧要关头，披荆斩棘、守正创新，把实现高水平科技自立自强、勇于攀登的精神写入走向浩瀚宇宙的高光篇章；

他们，千人一枚箭，万人一杆枪，在复杂、庞大的系统工程面前，以一个个“小我”的点滴之力汇聚成航天大业奔腾向前的洪流，将万众一心、齐心奋进的大力协同精神写进日月星空；

……

星空无言，但航天人上下求索的每一步都铿锵有力；文字无声，但航天人创造奇迹的每一刻都回响苍穹。一句句或豪迈或细腻的诗作，串联起来是航天事业从无到有、从小到大、从弱到强的成长；一篇篇或感人或励志的故事，排列开来是航天人初心不改、忠心报国、锐意进取的成功；一幅幅或写实或抽象的绘画，组合起来是火箭情怀生生不息、厚积薄发的蕴育与滋养。

强国建设、民族复兴的接力棒，历史地落在我们这一代人身上。时代在呼唤着我们。

往昔已展千重锦，明朝更进百尺竿。踏上新征程，航天人将继续坚定信心、埋头苦干、奋勇前行，在推进中国式现代化中续写更加绚丽的航天华章，在新时代新征程上赢得更加伟大的胜利和荣光！

目录
CONTENTS

艰苦奋斗

奋斗创造历史，奋斗成就未来，奋斗是中国人实现梦想的精神力量。艰苦奋斗让我们从“一辆汽车、一架飞机、一辆坦克都不能造”的百业待兴状态跃升为世界第二大经济体；艰苦奋斗让我们用30年跨越了发达国家半个世纪的发展历程，在太空中建起了中国空间站。征程万里阔，奋斗正当时，心系强国梦，奋斗永不止。

青玉案·出征

李东

夜静不忍忆琼州。
志未酬，鬓先秋。万钧重压担肩头。
暑往寒来，斗转星流，无暇叹白首。

今日点兵风雨后。
大纛高擎整兜鍪。铁血誓言壮行酒。
砺器明甲，破釜焚舟，大军下龙楼[1]。

①龙楼，指龙楼镇，隶属于海南省文昌市，中国文昌航天发射场所在地。

涅槃

在长征五号（简称“长五”）系列运载火箭研制团队中，流传着这样一句话：如果发射成功了，只能高兴2个小时；如果发射失利了，就连悲伤的时间都没有。从2017年7月2日到2019年12月27日，908天，长五系列火箭总师李东和研制团队先后经历了失利的痛彻心扉、黑暗中的不断摸索、重整旗鼓后的王者归来，以破釜沉舟的勇气完成长五遥三火箭复飞任务，涅槃重生。

2017年7月2日，长五遥二火箭发射失利，研制团队期盼成功的心情随着坠毁的火箭一起落入太平洋，发射场测控大厅中那条一路向下的飞行曲线在之后很长一段时间成了火箭研制团队难以挥散的梦魇。

十年磨一箭，长五火箭研制团队攻克12大类247项关键技术，以新技术比例达到95%的突破，造就了这枚巨箭，结束了我国没有大型火箭的历史。长五火箭是后续探月探火等一系列重大工程任务的主力，这次失利的打击无疑是沉痛的。面对失利，千钧重担重重压在李东和研制团队肩头，他们真的“连悲伤的时间都没有”，立刻开始故障复现和问题归零。

凤凰涅槃需要经历烈火的考验，长五火箭亦是如此。造成发射失利的“元凶”如鬼魅一般躲在层层迷雾之后，研制团队在黑暗中蹚了无数条路，在一次次摸索中寻找那个通往光明的突破口。

2018 年 11 月，初步改进后的火箭发动机在长程试车过程中出现问题，研制团队对发动机的局部薄弱环节进行改进；2019 年 4 月，长五遥三火箭总装工作进入最后阶段，一台用于后续任务的芯一级氢氧发动机在试验数据分析过程中出现“异常振动频率”，研制团队顺藤摸瓜，找到了症结所在，通过局部设计改进，彻底解决了隐患。

908 天，长五火箭不仅经历了发动机的优化改进，李东还率领团队将火箭的各个系统进行了全面梳理，通过举一反三和“三再”分析，开展了 200 多项大的技术改进，几乎将研制时期的技术突破重新捋了一遍。

2019 年 12 月，焕然一新的长五遥三火箭静静伫立在塔架上等待证明自己的时刻。再次踏上海南文昌的土地，李东两鬓白发新添了几丛，他能感受到整个研制团队对成功的渴望和信心，这一仗，他们必须赢。

2019 年 12 月 27 日，长五遥三火箭发射成功，王者归来。李东写下这首词，写的是研制团队 908 天壮志未酬的苦苦探索，也是写大家整装再出发的踌躇满志。前方的道路或许还有坎坷重重，但有团结一心的研制团队在，就没有攻不下的城。

（尚驰）

如梦令·击浪九段线

冯韶伟

边关斜阳照晚，雁影乍然一线。
击浪九段线，倦听烟波潺湲。
轻寒，轻寒，浪疾时叩窗轩。

且以深情付“冰箭”

长征五号运载火箭是我国新一代运载火箭的“大力神”，被人们诙谐地称为“胖五”，因其推进剂为超低温燃料，也被称为“冰箭”。

2016 年，长征五号运载火箭首飞成功。举国欢庆的成功时刻，火箭院长征五号运载火箭结构总体设计师冯韶伟，正把自己绑在测量船甲板上，等待观测火箭助推器降落的姿态。

此次“冰箭”——长征五号运载火箭首飞观测有 3 个目的：火箭残骸会在空中解体还是直接落入大海？按照设计规划，残骸将坠落在我国的领海，但是否存在漂到其他地方的可能？残骸坠落时会经历怎样的旋转、呈现怎样的姿态？这都是研制人员所关心的。

总体来说，冯韶伟感觉此次任务还是蛮亲切的。在海边长大的他，对大海和乘船再熟悉不过了。

但没想到的是，4 天的行程里，他们赶上了两场台风。向落区海域出发的第一天，风平浪静的大海简直让人心旷神怡，但第二天天还没亮，台风就来了，冯韶伟和同事们乘坐的测量船，如同大海上的一片树叶，随着海浪剧烈地摇晃起来。出于安全考虑，餐厅宣布闭餐，大家饿了只能去餐厅吃方便面。

此时的船舱里，从来不知道晕船是什么滋味的冯韶伟也开始头晕目眩并伴随着呕吐，别说吃饭了，连喝口水都会很快吐出来。

剧烈的、长时间的晃动，让船上的住宿区七零八落，所有挂着的东西都掉在了地上、床上、桌子上，晕船反应严重的发射队员们只能用仅有的力气抓住床栏杆，躺在床上休息……

过程中，船长几次与冯韶伟沟通，海上风浪太大了，台风影响了船速，并且持续时间还将很长，他担心大家的身体承受不住，建议返航。有气无力的冯韶伟果断拒绝了船长的建议。他说："我们一定要在规定的时间到达目的地，请全速前进！"

船长被他们执着的精神打动了，将船调整到最大马力，向着目标全速前进。在台风的冲击下，高速行驶的航船摇晃得更厉害了，冯韶伟和同事们整整两天水米未进。

第 3 天，在指定时间之前，他们到达了预定海域，已经虚脱得站不住的冯韶伟将自己绑在甲板上，观测到了火箭残骸坠落的过程，第一时间将观测结果上报。

返航的路上，大海恢复了平静，冯韶伟提笔写下了这首词，凝练的词句里，有对航天事业的热爱、有对任务成功的深情祝福、有对未来的期许，却唯独没有一句关于此行艰险的抱怨。

（张娟娟）

从头越

张涛

长征箭、满三百[1]，
勇立潮头，
航天强国阔步行；
大央视、玩快闪，
朝闻天下，
七十华诞[2]献深情。

①满三百，2019年3月10日，长征三号乙运载火箭成功发射中星6C卫星，中国长征系列运载火箭成功实现了300次飞行。

②七十华诞，中华人民共和国成立70周年。

CCTV

身兼三职去发射

2019年3月10日凌晨，在西昌卫星发射中心，火箭院抓总研制的长征三号乙运载火箭将中星6C卫星送入预定轨道。这一刻，我国长征系列运载火箭的发射次数正式刷新为“300”。这是中国航天事业由量变向质变发展的新起点，是中国从航天大国向航天强国迈进的重要里程碑。

欢呼的人群里，火箭院北京宇航系统工程研究所结构总体设计师张涛长长舒了一口气，在这次发射任务中，他身兼三职，从承担任务那一刻起直到成功这一刻，他才真正放下心来，没有辜负领导的信任、同事的托付和自己心中的使命。

在此次发射任务之前，由于后方设计任务临时增加，原定去现场负责仪器电缆安装岗位的同事无法出差。从2018年开始，随着火箭院进入高密度发射阶段，火箭发射任务越来越多，北京宇航系统工程研究所便开始规划合并发射场岗位，减少出差人员数量，进一步提高执行发射任务的效率。

原本负责结构总体岗的张涛已承担了地面总体的任务，此次面对人员紧张的状况，他反复核对这3个岗位的工序和任务量，觉得自己能把工作节奏再加快一点，解决组里人员紧张的难题。就这样，他再次主动请缨，将仪器电缆安装的任务也承担下来。

一个人负责3个岗位与之前只负责一个岗位的状态相比要忙碌很多，更何况在相对陌生的岗位上，张涛还要投入更多的精力，确保任务不出现半点闪失。就这样，他白天工作时间绷紧质量弦盯紧操作，业余时间“复习”即将开始的、替同事承担的任务，从进发射场到火箭发射，他没有一刻放松下来。

日子忙碌又充实，发射的日期很快到来，眼看着火箭飞出了漂亮的弧线、圆满完成了任务，张涛如释重负，能用自己的超常付出为这样具有标志性意义的发射多做一些贡献，张涛感到很荣幸，也很自豪。

如此里程碑式的发射，吸引了中央电视台的关注，正值新中国成立70周年，中央电视台编导策划了一场大型快闪节目，请各行各业的人们歌唱《我的祖国》。航天事业的快速发展让社会各界更加关注，此次发射成功的重大意义也让航天人进入歌唱者的行列，顺利完成任务的张涛被选入其中。

恢宏的音乐响起，在饱含深情的歌声里，张涛对航天报国有了更深的体会，万千思绪诉诸笔端，写下了这首《从头越》。

（张娟娟）

圆满

刘秉

春风送暖弄海潮，
椰林掩映抱琼瑶。
冰箭腾空惊雷动，
凝寒百日尽数销。

最好的回报

2020年5月5日，长征五号B遥一运载火箭（简称“长五B遥一火箭”）首飞，成功将新一代载人飞船试验船送入预定轨道。在发射现场坚守多时的发射队员们如释重负，火箭院北京宇航系统工程研究所长征五号系列火箭总体设计师刘秉就是他们其中的一员。

这次任务是长征五号系列火箭新构型的首飞，标志着长征火箭家族又一新成员正式入列，成为空间站建造工程的利器。同时，在火箭院经历两次发射失利后，这次是提振全院士气的关键之战。通过新型号首飞的圆满成功，一举扭转两次发射失利的严峻质量形势，这在火箭院历史上还是首次。包括刘秉在内的所有发射队员深感担子更重、责任更大。

火箭进发射场赶上新冠疫情形势严峻期，部分发射队员不能到场，但是冲锋的号角已经响起。耳濡目染航天前辈的精神意志，主动担当已成为刘秉的习惯。他在春节假期冒着疫情风险，逆行奔赴发射场执行任务。为了尽量减少其他同事出行，他向发射队领导申请，兼起发射场两个岗位的工作。同时，后续任务进度紧张，他还和在北京的同事联动，负责下一枚火箭的设计。

那些日子对他来说，累不在话下，重要的是怎样高质量完成全部工作，刘秉说："在2020年，长征五号系列火箭要连续完成长征五号B火箭首飞、首次火星探测、嫦娥五号月球采样返回共3次发射任务，都是国家重大工程，上一发任务成功与否直接关系着下一发任务能不能如期进行。而且火星探测任务的发射窗口非常短，一旦错过可能会影响后续几年的工程任务进度，所以不允许我们有任何闪失。"

"没有闪失"的目标需要更扎实的工作来实现。长征五号B火箭发射场合练加上首飞前后持续100天的时间，"誓夺成功"这根弦也在刘秉脑子里绷了100天。当长征五号B火箭首飞圆满成功的消息传来，指挥大厅内外欢声雷动，如释重负的刘秉却没有太多的时间和同事们庆贺，"无缝衔接"地从发射指挥状态切换到飞行结果分析状态中，他们要分析火箭和各测控设备传回来的海量参数，为下次火箭发射和相关试验做准备……

几天后，忙碌的发射场工作终于告一段落，在回北京的航班上，刘秉有了几个小时的空闲时间，才得以细细回味这次来之不易的成功。发射任务的圆满成功对刘秉来说是辛勤付出后最好的回报。但刘秉更清楚，所有过往皆为序章，后续发射任务更加艰巨。思绪万千之时，刘秉写下了这首诗并分享到了朋友圈，激励自己也鼓励身边人，拿出更大的信心和决心打赢接下来的战斗。

（张娟娟）

三连胜

张志广

一百①二百②与三百③，青春华年系运载。
君问何以担大任，皆因代代多英才。
三零开基立伟业，四零披荆勇斩棘。
五零六零来接力，七零八零列将台。
科技创新两院士，工程谋划四少帅。
长征路上花几样，代代新秀向阳开。

①一百，2019年4月20日，长征三号乙运载火箭成功发射北斗三号IGSO卫星，长征三号甲系列运载火箭第100次发射圆满成功。

②二百，2019年5月17日，长征三号丙运载火箭成功发射我国北斗卫星导航系统第45颗卫星，这是火箭院抓总研制的长征系列火箭的第200次发射。

③三百，2019年3月10日，长征三号乙运载火箭成功发射中星6C卫星，长征系列运载火箭成功完成第300次发射。

永生难忘的三连胜

2019年，火箭院有3次具有里程碑意义的发射任务，分别是中国长征系列运载火箭第300次、火箭院第200次和长征三号甲系列运载火箭第100次发射任务，当时的火箭院北京宇航系统工程研究所增压输送系统技术负责人张志广，有幸参与了这3次发射任务，对他来说，这3次发射的很多细节让他永生难忘。

张志广说："对于一名火箭发射队员来说，尽管每次发射任务都很重要，但这3次发射任务显然更有意义。增压输送系统产品数量多、种类多，且活门类产品对精度要求非常高，产品在测试、加注和飞行过程中都有动作，一旦出现异常就可能导致飞行失利。"

为确保万无一失，在3个百次发射之前，张志广都带领两名新同志培训、现场学习测试规程、掌握技术状态变化和发射场一岗深入交底，把各种注意事项尽量想在测试前面，保证测试顺利进行。

3个百次任务进展都很顺利，但有一次，测试过程中还是出现了一项意外：三级氧安溢活门泄漏量偏大，阵地讨论后决定更换活门。

可此时更换活门谈何容易。该活门在首都航天机械有限公司总装的时候是水平状态，发动机舱段未对接，活门附近产品未安装，操作空间宽敞。但在发射场的火箭是垂直状态，周围所有产品都安装完毕，操作人员只能站立呈双臂上抬姿势才能够得到活门，行动非常受限。

不仅如此，此时活门已发泡绝热处理，必须分解了绝热层才能拆下并进行更换，分解前还要特别注意防控多余物，稍有不慎后果将不堪设想。但就是在这种情况下，发射队里的两名年轻师傅接到命令后，没有一丝畏难情绪，连续工作近 6 小时，顺利完成了任务。他们从舱内出来时浑身都湿透了，张志广在他们身上看到了航天精神的传承。

长征三号甲系列运载火箭第 100 次发射成功后，型号队伍邀请了中国工程院院士龙乐豪等几位老航天人参加了主题座谈会。会上，他们回忆了发射场选址、型号任务立项、研制初期遇到困难、长征三号乙运载火箭遥一首飞失利等故事，每一件都令人心生敬意。

张志广深有感触，他说："我们的火箭承担了嫦娥、北斗等国家重大工程项目，且发射都取得圆满成功，这离不开老一辈打下的良好基础。"心生敬佩的同时，张志广把千言万语浓缩在几句诗里，表达了对航天事业的热爱，和对继承、发扬航天精神的决心。

（张娟娟）

如梦令·鏖战

袁振

南海风涌潮头，长七再送天舟。
彻骨痛磨砺，功成未敢言休。
鏖战，鏖战，又看箭启今秋。

鏖战

不夺成功誓不还

2021年5月29日晚，长征七号遥三运载火箭（简称“长七遥三火箭”）一飞冲天，点亮了中国文昌航天发射场的夜空。从5月20日到5月29日，9天中，火箭连续两次推迟发射，3次准备发射，经历了推进剂两次泄出三次加注。当明亮的火箭尾焰划破漆黑的夜空，不屈不挠的发射队终于迎来了期盼已久的成功。

在发射场指控大厅的长七遥三火箭发射队员欢呼着相拥，笑着彼此祝贺，很多人笑着笑着就哭了，鏖战9天的不易与压力在那一刻尽数释放。参与此次新闻宣传工作的袁振和火箭院新闻中心的记者们也在现场，他们用手中的笔和镜头记录下这真实又动人的一幕。

2021年5月19日，长七遥三火箭进入负12小时发射流程。距离发射不到3小时，指控大厅中的数据信息显示：“一个压力值参数异常！”紧急排故后问题依然未能解决。5月20日凌晨，长七遥三火箭推迟发射的消息发布。

2021年5月20日，发射队员进舱排故4次，找到了新问题，并通过系列措施扭转局面。就在大家觉得5月21日凌晨的发射有希望时，异常再次出现，发射再度推迟。

在发射场亲历两次发射推迟的袁振看到大家对任务充满期待、充满斗志，又看到推迟发射后大家的失落和不甘，更看到了大家紧急排故，为了重整旗鼓，熬红了双眼却步履不停，争分夺秒地奋战。

没有时间悲伤，发射推迟，奋斗的脚步要紧紧地跟上。距离下一个发射窗口还有 9 天，在前方的发射队员和在北京后方的保障人员携手打响了时间争夺战，他们要跑赢时间、跑赢困难。

鏖战，是一次次进入舱内摸排故障的锲而不舍、是从北京连夜赶往海南的火速支援、是不放过一丝设计细节的追根溯源，是被汗水浸湿的衣服、是熬得通红的双眼、是不停沟通早已沙哑的嗓音……长七遥三火箭发射任务也在这样一日日的鏖战中，迎来了胜利的曙光。

2021 年 5 月 25 日，火箭归零工作接近尾声；

2021 年 5 月 26 日，模拟发射演练；

2021 年 5 月 27 日、28 日，加注准备；

2021 年 5 月 29 日，推进剂加注，成功发射！

正如火箭院党委所说："火箭人天生具有打逆风球、走上坡路的能力，没有什么风雨波折能够阻挡我们前进的步伐！"长征七号运载火箭研制团队也不负众望，打赢了这场艰苦卓绝的战役。

带队完成发射成功后的采访工作，袁振写下这首词，记录下发射队员们的不易，许下再次成功的美好祝愿。

（尚驰）

醉垂鞭·夜

周宏

夜影拂罗裙，南海边，常相见。
花楷不深叙，锦绣著文章。

天遇处处好，得天道，送天舟。
勤勉伴梦远，行者至无疆。

追星星的人

4月底的海南还不是很热，已经是深夜时分，夜幕低垂，星星像洒落在幕布上的钻石，向仰望星空的人类眨着眼睛，微风带着一丝椰子的清香吹进了火箭院长征七号运载火箭（简称“长七火箭”）动力系统设计师王夕所在宿舍的窗户。火箭就要发射了，他和同事们正在编写加注前的箭体报告，大家已经为此加班了好几天。

2022年是中国空间站建造的收官之年，作为“货运专列”的长七火箭要在这一年完成两次发射任务，王夕正在执行的这发任务是空间站建造阶段的首飞，发射队承担着“当前锋”“打头阵”的重任，大家的压力可想而知。加注前的箭体报告是整发箭各系统情况的一份翔实记录，报告内容准确与否关乎火箭能否按时发射，所以发射队上下都很重视。

动力系统包括火箭发动机、管路、贮箱……每一部分的可靠性都关系到发射的成败，王夕和同事们自知肩上的责任很重。他们白天给动力系统做测试，不敢有丝毫疏漏；晚上加班加点写报告，不敢有任何懈怠。距离火箭发射还有一周多的时间，报告编写也接近尾声。看着马上就要完工的报告，连续好几天奋战到深夜的王夕和同事们可以稍微放松一些，他们决定休息一下，吃点东西、补充下体力再继续写。

吹着微风，望着漫天星斗，王夕和同事们聊加入航天的初心、聊工作时遇到的难题、聊生活中的趣事……航天是浪漫的事业，因为每一个航天人都是追星星的人。再过不久，长七火箭又要为中国人探索宇宙出力。同样参与这次任务、和大家一起聊天的火箭院北京宇航系统工程研究所设计师周宏看着这么多志同道合的同事，想着测试厂房里蓄势待发的火箭，写下这首词，做着浪漫的事业，并通过自己的努力让火箭成功飞天，是最开心也最值得骄傲的事。

2022 年 5 月 10 日凌晨，同样伴随着漫天星斗，长七火箭如期成功发射天舟四号货运飞船，2022 年空间站建造任务首战告捷。周宏又写下一首词：“辰星伴归途，今如夕，寻常日。激荡无须道，华章亦低调。释箭巡天去，空楼台，高入云。逐星再启航，勤者赴远眺。”

群星多璀璨，探索亦无边。释箭巡天，中国航天的追梦之路必将越走越远、越走越坚定；逐梦启航，浪漫旖旎的星海对岸，不管多远也终能抵达。

（尚驰）

沙海平湖赋

刘波

朔风之地，西域故国，黄沙漫道，天高地阔。借天山之势而崔嵬，凭大湖之利而富庶。大漠无垠，沙海盈张骞坠志；戈壁荒蛮，路崎岖玄奘踯躅。风起尘上，天昏日白。己丑秋深之时节，负雄鹰之志远征。事遇纷烦，行程阻阻，时局有舛，身锁高楼。望苍天而兴叹，眺穷山而忧愁。为避凡尘，驱车赏秋；大湖岸右，细看沙鸥。

左拥大湖，右依戈壁。红柳烈焰簇簇，驼刺淡色点点。瘦山嶙峋，沙海漫漫；湖光山色，蓝玉细嵌。左右之间，景殊致异。望荒蛮而目伤，观平湖而舒畅。群山远，秋风凉，地昏黄，心徜徉。

莲花湖畔，万顷芦荻共碧波；白鹭洲头，数行鸥鸟舞青天。远山渺茫，丹青轻描。芦叶青青，荻花瑟瑟，秋水弥弥，玉宇澄澈。白鹭飞而蒲草绿，沙鸥翔而荷叶阔。水自天山，伊人离泪，承天地日月之精华，映上下八荒之霞光。朔风急送，秋波频兴，拍岸连连，濯石涤沙。湖水至清，群鱼翔底，水草依依，轻浮不止。

沙丘突兀，相伴大湖。劲风急，黄沙移，湮杂草，没驼刺。俯瞰丘下，万顷碧波连天色；仰望苍穹，一缕豪情共风生。荻花如雪，踏沙簌簌，雪舞滩头，浪滔如歌。人生大梦，至此方醒。长慕太白之豪情，永怀文公之秋声。随苇轻舞，享天赐之造化；共鱼翔游，尽地设之欢愉。

浅滩苦柳，附碱而生，万千丛聚，赤如丹阳，奔似烈焰，点缀湖山。眼及穷山，晦涩难堪，上至宇寰，止剩颓残。昏黄无助染青天，流沙漫漫塞田园。辄至湖岸，屯垦之地，谷物弥弥，细杨比比，鸡鸣犬吠，其乐融融。天南地北乡音浓，五湖四海边塞情。

芦荻万顷，常闻鸟鸣，风起荻舞，飘忽起伏。白鹭惬惬翔湖光，清风悠悠伴山色。有苇刚直，沙丘强生，友驼刺，御长风，阻沙荒。

我辈黄口，小子无畏，深入不毛，共舞风沙。诸事皆备，只因强蛮，日日蹉跎，悲从衷来。环湖踏秋，碧水多情，巧慰伤忧。身处异地，心静胸宽，则至沙海之绿洲；怨天艾地，却似绿洲之沙海。故烦忧付明月，伤悲寄与秋风去。慕雄鹰，不弃志；效苦柳，根深植；崇驼刺，风难移；仿芦荻，难迷离。

是夜，风清月明心静，拷几问天无眠，冥思苦作七言，志之：

万顷碧波白鹭洲，亿杆芦荻平湖秋；天高地阔云恬淡，水渺山远风清幽；日日不堪锁高楼，夜夜无眠就美酒；一朝闲适避凡尘，几梦羽化作沙鸥。

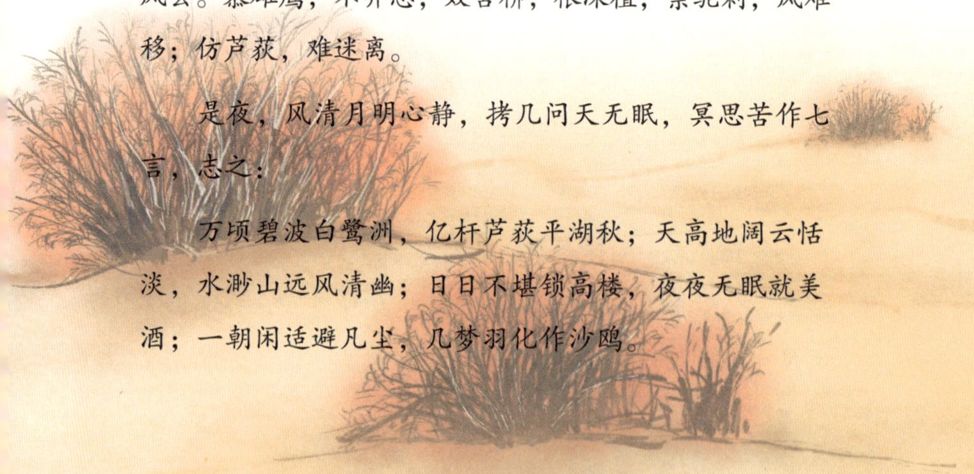

逆境也要向上

那一年深秋，窗外的夜景很美，霓虹灯闪烁，幻化出一个五光十色的琉璃世界。在火箭院业务一部刘波的眼中，窗外的明亮却显得那么黯淡。

当时，作为外场试验负责人，刘波连日来的心思全在一场重要的型号产品试验上。受多重因素的影响，原本计划好的进场日期一再推迟，几经协调，刘波得到的回答仍是等待。

等待已有多日，这意味着计划的调整，意味着不确定性。这对于争分夺秒的刘波和其他队员来说变成了一种煎熬。虽然计划赶不上变化，但刘波并不想被动等待，而是决定将前期的准备做得更足一些、更细一些，组织大家讨论、分析算法软件的改进设计和数学仿真，以及试验流程的优化，试验队里全是忙碌的身影。

繁忙的工作之余，刘波和队员们决定去大自然中散散心，一行人驱车前往附近的一个湖泊。这里景色美不胜收，连日来积郁在心中的压力在此刻慢慢释放，美景中最先吸引大家目光的是那一簇红柳。红红的柳枝，在深秋时节，连鳞状的叶片也变红了。

红柳，在戈壁沙漠本是寻常之物，但对于习惯了城市生活、见惯了绿树红花的刘波来说，还是第一次看到。干燥的沙漠腹地，很少能见到成片的红柳，常常是一丛或者一簇出现在人们眼前。它静静地长在黄沙之中，以其庞大的根系，将整整一座沙丘固定在那里。

顿时，大家一番感慨，红柳所处的环境如此之恶劣，但仍拼命地向上生长。它像一团火，奔腾着、燃烧着，用坚韧迎接着一切逆境与考验，用火红的热情回馈阳光与雨露。

这一刻，刘波被深深触动了。他们远离熟悉的工作环境，深入荒无人烟之地进行试验，而今，试验陷入困境，一切都让人感受到前路之难。面对考验，要退缩吗？这绝不是红柳的选择，更不是航天人的风格，他们要像红柳那样，用自己的努力带给贫瘠的戈壁以生机，用自己的坚韧创造佳绩。

红柳是红的，湖边稀稀疏疏的骆驼刺是淡绿色的，湖泊是蓝的，在黄沙中，面对种种逆境，每一个生命都利用有限的资源活出了自己的色彩。

美哉！壮哉！在这个湖畔，刘波感触良多，写下了这首《沙海平湖赋》。此次游览之后的日子里，刘波带领队员更加斗志昂扬，最终，试验如他们所愿顺利完成了，技术和产品得到了验证，相关技术还因此实现了跨代。于他们而言，也在戈壁再次留下了永不言弃、昂扬向上的航天人印记。

（王莹）

挺进无人区

孔繁良

我把苍鹰还给天空
我把青春留给戈壁
我把思念寄给乳娘
我把梦想留给自己
踏万里沙途
寻先辈足迹
只为
把航天使命担当
将航天精神永续

用脚步丈量无人区

在我国有许多地方地形地貌多样，自然生态环境独特，除了水草丰美的天然牧场、雄奇秀丽的高原山地，还隐藏着神秘而又变幻莫测的无人区。这些地区大多自然条件恶劣，千百年来无人居住，就连苍鹰也只是偶尔飞过。但对于型号产品调度孔繁良来说，越是这样的地方，越可能找到型号试验理想的落区，就越是要闯。他用自己的脚步丈量着戈壁滩的宽度，也一步步帮助自己和型号产品实现梦想。

2013 年，孔繁良接到为型号产品寻找落区的任务，在此之前，他从未去过无人区，更无经验可言。面对这非同一般的任务，孔繁良首先想到的是航天前辈们从零开始，为中国航天事业奋斗出一片天地的无悔付出，与创业的艰辛相比，自己去无人区拓荒又算得了什么呢?

带着这样的信念，任务期间，孔繁良每年在无人区工作超过 180 天，专走没人走过的路，翻没人翻过的山，足迹遍布最偏远、最荒芜、最险要的地区。他累计驱车超过 10 万公里，相当于绕赤道两圈半，为型号产品试验找到多个落区。

2016 年，是孔繁良寻找落区的第 4 年。从风沙满天的沙漠到氧气稀薄的高原，从骄阳如火的戈壁到寒风刺骨的雪山，从一望无际的平原到海拔千米的山地……无论天涯海角，只要试验需要，孔繁良就能把它找出来。也是在这一年，他所负责的型号产品取得了重点试验任务的成功。

写下这首诗时，孔繁良刚刚亲眼见证了这次成功。4年里，孔繁良一步步用脚丈量着戈壁，点点足迹和车轮痕迹记录着他的付出。4年里，孔繁良遭遇过密密麻麻的蚊子“龙卷风”，也经历过汽车抛锚、翻车的命悬一线，饿了吃馕饼榨菜充饥，冷了用炉火取暖，被夏日高温晒伤脱皮。

每当觉得坚持不下去时，孔繁良就会想想自己刚工作时见到的那些航天前辈、听到的那些创业故事，从中细细感受一代代航天人不变的精神力量与信念，那这些苦，就不算什么。

将自己吃过的苦都藏在心里，最让孔繁良感到愧疚的是，4年来任务在身的他与父母见面的次数加起来还不足20天，更无法在父母生病时陪伴在身边。

但于孔繁良而言，为梦想奔波、为梦想付出再多也是值得的。他深知，自己并不孤单，在人迹罕至的无人区，不只他一人在奔波，一起寻找落区的队友、型号产品研制队伍的每一个人都是支撑他继续前进的力量。不论是在戈壁荒漠还是办公室、生产车间，每个人点滴努力汇集起来才能推动航天事业不断向前。心在一起，就不孤单，劲儿往一处使，就能取得成功。

（尚驰）

望苍穹

小袁

亿海之冬，三月既望，晓月依旧玉弓弯。
云协天鉴，山形米聚，黄沙万里虎牙闲。
齐声同心干。
龙飞千里道，红旗魂散。
喜庆生辰，毅魄长绕苍穹间。

奔跑在成功路上

早春时节，戈壁滩的傍晚还有些冷，夕阳西下，映红了天边的云霞。在一声干脆有力的“点火”指令之后，火箭院一重点型号产品呼啸远去，那利剑一样的身影在队员们中激起阵阵欢呼喝彩，经过数年艰辛研制的型号产品成功了，火箭院在这个重点领域又取得了技术突破。

激动的人群中，火箭院地面总体设计师小袁却显得很冷静，成功的喜悦似乎没有在他心里掀起太大的波澜，同事们的欢呼声也没有打断他的思路，他正在专注地分析飞行数据、核对地面参数，神情认真，一如往常。

在整个型号产品研制任务中，小袁是地面总体岗，也是来阵地最早的人之，这次的成功给很多人的工作任务画上了句号，但小袁的工作还没有结束，后续还有很多任务要收尾，他会站好最后一班岗，不让后续任务有任何闪失。没有给自己过多放松欢笑的时间，因为他知道，这个型号产品是火箭院开拓领域市场上最重要的一战，此次发射会有客户方很多重量级的领导现场观看，任务不完全结束，就不能有一丝一毫放松。

任务结束后，热闹的人群渐渐散去，小袁的工作也已经完成。抬眼望去，这时候的他才发现戈壁滩美得让人心醉，夕阳西垂、云蒸霞蔚，让人心胸顿时开阔起来，连日来的紧张情绪在这一刻得到舒缓。此时此景，回想起刚刚赢得的成功，巨大的喜悦在他心中扩散开来。

收拾好各种资料和设备，回到驻地，换上运动衣，小袁开始了一段10千米的长跑，用这种独特的方式庆祝成功。跑步是小袁的爱好，也是他在紧张的工作之余留给自己的思考时间，此刻，他要在跑步中细细品味这来之不易的成功。

跑过发射场一个个自己奋战过的地方，小袁思绪万千，这个型号产品性能比之前的产品有了大幅提升，也给地面总体设计带来了巨大的挑战。在很长一段时间里，发射初始阶段的研发工作让他和同事们承受了常人无法想象的压力。

“发射初始阶段设计，直接决定点火口令之后任务能否按标准完成，这关系飞行成败、关系火箭院在这一领域中的地位。”小袁说。在研发过程中，他和同事们连吃饭、睡觉时，脑子里想的都是确保工作万无一失。今天型号任务发射取得了圆满成功，往昔所有的付出都是那么值得。

10千米的路程中，他回忆了自己数年的研制历程，有挫折、有迷茫、有拼搏，也有成功。回到驻地，他提笔写下了这首《望苍穹》，记录那段激情的岁月和对成功的感悟。

（张娟娟）

出发的朝霞

陆宏志

波舞红绸映仙湖，
月照凝黛落尖山，
水下悬山沉金辉，
岸上浮云托霞光。

日出烈焰铺大道，
鸥翔剪影穿朝霞，
鱼跃涟漪破水镜，
鸟鸣婉转唤天晴。

同样美景　不同心情

航天型号产品是高科技产品，其试验对环境如天气、温湿度等都有严苛的要求，为了保证产品试验顺利，航天人对试验时的天气因素往往格外重视。

“指标稳定！”“目标准确！”2021年，火箭院研究发展中心一个项目团队在试验场开展演示验证试验的第一个节点试验，获得了圆满成功，为后续整个项目的成功奠定了坚实基础，现场一片欢腾。在这个成功时刻，看到精准的参数，想到连日来的波折，试验队员陆宏志的心里不禁感慨万千。

试验当天，天还没亮，试验团队就已经整装待发。这个项目研究领域新、跨系统协调单位多、技术跨度大、研制进度异常紧张，试验队员们每天都在跟时间赛跑。前往试验场地的路上，看着天空美丽的朝霞，陆宏志和同事们的心里反而担忧了起来：天气预报说今天要下雨，民间也有“朝霞不出门，晚霞行千里”的说法，今天的朝霞这么好看，可千万不要在试验关键时段下起雨来呀。

为什么会有这种担心？原来，就在试验前一天，这个型号产品试验设备转运至检测区的时候，天公不作美，当地下起了大雨。尽管穿着雨衣，试验队员们的工作服仍被雨水浸湿。既要保护设备产品，又要保证研制进度，大家克服艰苦的条件，始终绷紧一根弦，在大雨里连续工作了10多个小时，多做了很多保障措施后才放心离开。

“不管今天雨下得多大，试验必须完成。”面对紧张的时间节点，上级领导决策后叮嘱大家道。

志不求易者成，事不避难者进。听到上级要求后，陆宏志和同事们严阵以待。下达指令、观察指示灯、检查参数……趁着雨点还没落下来，试验队员们抓紧开展项目各项试验流程，直至试验圆满成功。

都说在努力的人面前，全世界都会让路，就在试验完成后没多久，一场倾盆大雨下了起来。有人调侃这次试验如有天助，有人感慨功夫不负有心人。此时，返回阵地的陆宏志也按捺不住内心的激动，奋笔疾书，写下了《出发的朝霞》这首诗，不仅将出发时见到的美丽景色记录在诗中，更是将成功后的喜悦心情记录下来，激励自己继续奋斗，越战越勇，从这次成功迈向更大的成功。

（王冰）

丑奴儿·面

张利彬

饥肠辘辘行色匆，一碗汤面。
一碗汤面，精神抖擞别肚圆。

硝烟四起领令旗，一身征战。
一身征战，夯基筑脊雄关漫。

一顿难得的加班“夜宵”

如果不是那天偶然发现那个小面馆，火箭院北京宇航系统工程研究所重点型号产品系统技术负责人张利彬还不会那么想吃面。也许是离家时间太久了，也许是食堂的饭菜吃得多了，他竟然开始惦记一碗家常面条的味道。

其实，工作节奏一直很快的张利彬本没有吃“夜宵”的习惯，但这几天，旅馆隔壁的那个小面馆似乎有一种魔力，在每次路过时都撩动着他的胃口。他也渴望着哪天能早一点下班，去那里痛痛快快地吃一顿“夜宵”。

张利彬每天早上 7 点钟从小旅馆出发，8 点准时开始工作。一忙起来，很多同事连正餐都忘了，更别提“夜宵”，张利彬也一样。型号产品研制进度紧张，他负责的部分更是关系重大，他恨不得一天 24 小时扑在工作上，到了下班时间也和大家一样不肯走，经常一忙就到后半夜，三餐都在试验场解决，根本没有时间吃“夜宵”。

一段时间以来，张利彬都在这个试验场做试验。项目进度本就紧张，赶上疫情还耽误了一些时间，好不容易各系统人员终于都能进场了，大家心里不约而同憋了一股劲儿，要用更高的质量、更快的速度把项目完成好。

紧张的工作让大家无暇他顾，很少有时间满足一下自己的口味。这家小面馆每天上午 10 点营业，晚上 12 点打烊，总是跟张利彬的业余时间完美错过。从小爱吃面的张利彬只能对旅馆隔壁那家面馆里的面馋涎欲滴。

直到有一天，张利彬所负责的项目进展得出奇顺利，晚上 11 点多就完成了工作。回旅馆的路上，他一边规划着手头的任务，一边盘算着下一步工作的安排，不经意地抬头时，他看见那家小面馆还亮着灯。

这简直是这天晚上又一重惊喜，张利彬不知不觉加快了脚步。来到小面馆，店家正在收拾东西，没想到这个时候还会有客人来吃面，见到张利彬先是一愣，但旋即明白了，这又是一个加班晚归的人。于是，温暖的厨房里，灶上的火重新点燃，葱香伴着西红柿鸡蛋的味道在小店里飘散开来，终于如愿以偿坐在这家店里的张利彬困意全无。

几分钟后，一碗冒着热气的西红柿鸡蛋面摆在面前，张利彬慢慢品尝着，就像在品尝今天晚上这来之不易的阶段性胜利。一碗面下肚，感觉连日来的忙碌都得到了安慰，他忍不住写了这首词，纪念这顿难得的加班“夜宵”。

（张娟娟）

一路向前　十全十美

肖文

戈壁滩急两三点，

砾石山赶四五天。

傲气冲霄六七个，

吾辈再战定十全。

工作累点苦点，值！

盛夏的戈壁滩骄阳似火，阳光铺满了大道，灿烂满地。“5、4、3、2、1，点火！”伴随着响亮的口令，由火箭院研发设计的一型飞行器一飞冲天、划破长空、响彻云霄，在空中留下了直刺苍穹的绚丽尾迹。随后测控大厅传来飞行试验取得圆满成功的好消息，现场响起热烈的欢呼声，试验队员们相拥庆祝这一美好的时刻。

航天不是一门容易的“功课”，迈向太空的旅程不可能一帆风顺，每一次试验的成功，都印证着每一个航天人的智慧与汗水、艰苦奋斗与无私奉献。这次飞行任务也不例外，回想起型号研制过程中的点点滴滴，火箭院姿控设计师肖文很有感触，“无论任务多么艰巨，环境多么艰苦，坚忍不拔、坚强不屈，就能让坚守的种子生根发芽、开花结果”。

当时作为姿控设计负责人，肖文每做一次试验都需要从零开始，一步一个脚印，不敢有半点松懈。“这次型号任务周期紧、工作量大，在前期研制过程中，团队成员仅用3个月就完成了姿控设计及试验验证工作，因此加班加点是大家当时的工作常态。”肖文说道。“首次要有百倍信心，百次要有首次标准”，发射场的宣传标语深深地刻印在每一个试验队员心中。虽然这次试验任务周期紧，但大家对待工作的标准一点都没有降低。

到了发射场后，肖文与同伴们更是开启了“疯狂”加班的模式，白天测试，晚上参加复查会，开完会写测试结果报告，经常忙到凌晨两三点。团队成员蓄积“千磨万击还坚劲”的韧性，砥砺“越是艰险越向前”的闯劲，用确定性的努力战胜不确定的风险。在大家的共同努力下，试验队伍仅用5天时间就完成了从综合测试到型号产品发射。

肖文说，“工作累点苦点是值得的，不能给型号产品任务添堵，现在年轻就该竭尽全力往前冲”。

这次任务已经完美完成了多次飞行试验，对于剩下的飞行试验，团队成员不敢有半点松懈。发射成功第二天，胜利的喜悦还没散去，型号队伍就返回了北京，为后续的飞行试验任务做准备，迎接新一轮的挑战！

望着美丽的戈壁滩，肖文挥手道别并写下了这首诗，他自言自语道：“戈壁滩，咱们还会再见，我们一定还能取得圆满成功！”

（阎琳琳）

苏幕遮·航天报国

李强

东风勇，蛟龙冲。
鹰击碧空，长征傲苍穹。
六十五载航天颂。
初心如一，报国贯始终。

九州同，五岳雄。
全域灵动，丝路竞霓虹。
逐智星辰圆梦中。
韶华不负，青春正郁浓。

正年轻

2022年5月的一个深夜，在火箭院，有许多办公室还亮着灯，有人奋笔疾书改方案、有人和同事沟通问题、有人冥思苦想新的设计……奋斗无声，灯光记录着每一个拼搏的夜晚。顺着一盏灯光望去，火箭院北京宇航系统工程研究所型号产品副总设计师李强正带队对型号产品进行优化。

李强负责的这个型号产品刚立项1年，它的立项为火箭院拓展了新的市场。但立项仅仅只是一个开始，到首飞成功还有很长的路要走、有很多的难关需要攻克，李强和同事们自知肩上的担子很重，不敢有丝毫懈怠。

工作间隙，李强抬起头望了望办公室里一起加班的同事们。灯光下，有许多张略显稚嫩的脸庞，这些年轻人神情坚定、目光炯炯，都在为中国航天的日益强大贡献着自己的青春力量。星光不负赶路人，李强相信，他们未来一定会成长为中国航天的中流砥柱。

2022年11月16日，火箭院迎来65岁生日。65岁，对一个人来说，已过花甲之年，可对于风华正茂的火箭院来说，却正是一个意气风发、大有可为的年纪。对火箭院的青年员工来说也是如此，中国空间站建造任务收官、各项重大试验任务愈发频繁，正是建功立业的好时代。看着眼前努力拼搏的年轻人，李强仿佛看到了和他们一样充满活力、蓬勃向上的火箭院。

李强收回目光，又望向窗外那些盈盈的灯光，他知道在风华正茂的火箭院，有许多像他的同事们一样朝气蓬勃的年轻人正在逐梦苍穹。回顾中国航天的辉煌历史，正是一代代航天人，将自己的青春热血抛洒在这片保家卫国的热土上，换来了中国航天从无到有、从有到精、从精到智的飞跃。

回到自己的型号工作，李强深知自己和同事们只是历史长河里的沧海一粟、迈出的也只是建设航天强国征程中的小小一步。“不积跬步无以至千里，不积小流无以成江海。”在走过65载风雨征程的火箭院，正是因为有这许多小小的一步才汇聚成中国航天的巨大跨越。思绪越飘越远，意志却越来越坚定，伏案继续忙碌前，李强写下了这首词，勉励身边的同事，也勉励勇毅前行的自己。

（尚驰）

武陵春 · 津地试验

郭爱民

时光絮絮仲夏浓，京津试验忙。
披星戴月自奋蹄，日夜思虑长。

月余漫度钢筋骨，暑盛入肝肠。
幸得朝夕不辱命，行远途、望远航。

保节点

“保节点就是我的使命”

这次演示验证项目飞行试验通知提前，前期产品交付时间又因新冠肺炎疫情影响有所推迟，留给产品静力试验的时间缩短了近2个月，面对这种紧急情况，你会怎么做？火箭院空天安全总体技术部设计人员王月用实际行动践行“保节点就是我的使命”，将试验节点稳稳掌控在手里，推动项目研制顺利进行。

此次演示验证项目不仅领域新、研制周期紧张，研制过程中还时不时受到国内各地突发的疫情影响，给项目团队的成员们带来了不小的挑战。静力试验主要用于检验产品性能，是项目研制过程中不可或缺的试验。为了随时了解产品进度，及时解决试验过程中出现的问题，王月早早从北京赶往天津试验现场，进行全程跟试。

志不求易者成，事不避难者进。项目的一个产品因疫情原因交付延迟，原先排好的试验计划无法进行。了解到情况后，王月及时调整试验顺序，先进行其他试验件的试验，确保不留空当，每个试验件都不歇着。每一次试验调整都是“牵一发而动全身”，调整后哪些试验件能够并行开展、哪些能够串行开展、哪些要先开展，王月都进行了全面的考虑，确保试验的全面性和顺利进行。

除了动态调整计划，王月还充分发挥设计人员的作用，不断优化设计，降低试验的操作难度。产品进气道进行静力试验时需要提前粘贴数量较多的帆布拉片，并经过工艺固化才能开展下一步的试验加载工序，前期准备工作复杂而且花费时间较长。王月利用产品结构的特点，通过更改产品加载位置，省去了试验前粘贴帆布拉片的步骤，使试验时间缩短了一半，大幅提高了试验效率。

通过多措并举，王月与试验人员一起高效完成了项目静力试验，保障了试验节点，为后续产品飞试的顺利进行奠定了坚实基础。

看到王月为项目奔波、为项目竭尽全力，同事郭爱民不禁有感而发，遂写下这首《武陵春·津地试验》，为全程跟试、集智攻关的王月点赞，为像王月一样以保节点为首任、以保成功为使命，默默付出的航天人点赞，也祝福最后的项目飞行试验能够取得圆满成功，期待尽早迎接胜利消息到来的那一天。

（王冰）

春归

郑继贵

冰融雪尽春已还，山高河远映青山。
一片新绿报春晚，早有莺啼在花间。
风拂祥云带尘去，神州万物竞开颜。
少年惟叹春光短，意气风发铸新篇。

春来奋斗早

和风送暖，万物复苏，一切都像刚睡醒的样子，欣欣然睁开了眼。一个阳光明媚的上午，从和型号队伍碰头会的会议室出来，火箭院北京精密机电控制设备研究所3事业部副主任郑继贵感觉肩上的担子更重了。2021年，由他所在事业部自主研制生产的行星滚柱丝杠要完成型号应用的鉴定试验，这对整个事业部来说，都是一个不小的挑战。郑继贵有些紧张，但更多的是期待。

行星滚柱丝杠是伺服机构的核心部件，它可以将电机的旋转运动转换为相应的直线运动，推动负载产生动作。行星滚柱丝杠的质量直接影响伺服机构的性能，也关系到飞行任务的成败。

行星滚柱丝杠就要参加试验了，整个研制团队都对产品的质量非常重视。郑继贵想，他和他的团队要在产品的质量管理体系、可靠性上再进一步开展考核和验证，确保能交出一份让所有人满意的答卷。

一边想一边走在回办公室的路上，一阵清脆的鸟鸣拉回了郑继贵的思绪。他寻声望去，道路两旁的树上，不知名的小鸟跳跃在刚刚抽出嫩绿新芽的枝叶间，呼朋唤友地歌唱着，暖暖的风吹过面颊，带着阵阵泥土的清香。天空很蓝，草地显出新绿，春天已在不知不觉中到来了。

郑继贵已经记不清自己多久没有仔细打量身边的景色了，自从带领团队开展行星滚柱丝杠技术的研究工作开始，他和他的团队就瞄准应用忙碌着，顶层设计、系统规划，制定质量保证措施、梳理细节短板。深知产品的重要性，他们在整个研制过程中都谨小慎微，生怕哪个细节不到位影响了整体性能，担心哪个隐患没有认识清楚导致所有努力功亏一篑……

功夫不负有心人，大量研究性试验数据证明行星滚柱丝杠产品性能优良，为后续产品鉴定试验打下了坚实的基础。郑继贵就像看到自己的孩子考出优异的成绩一样心潮澎湃，自豪之情溢于言表。

“一年之计在于春”。阳光正好、春风正暖，此时不奋斗，更待何时。郑继贵快步走回办公室，布置好接下来的工作，整个团队都行动起来，大家比以往更忙碌了。面对型号任务对行星滚柱丝杠产品自主可控的新要求，他们用奋斗来铸就新的辉煌篇章。

（尚驰）

铸箭激情燃九霄

高志军

地球写诗，太空发表。
这，就是铸箭者的骄傲！
雄风争诵，九霄捷报。
这，就是航天人的自豪！
出手不凡，天公叫好。
谁不夸，铸箭者的诗寓意深奥？
精雕细琢，惟妙惟肖。
谁不赞，航天人的诗构思精巧？
独具匠心，技高艺超。
谁不称，我们这一代的诗洒脱奇妙？
自古雄才胜天骄，风流人物看今朝。
时代开启新征程，铸箭激情燃九霄。
忠诚担当自信，追求奇迹创造。
初心使命不忘，严慎细实记牢。
一分钟准备，倒计时读秒……
点火！让我们把航天强国的梦想拥抱！

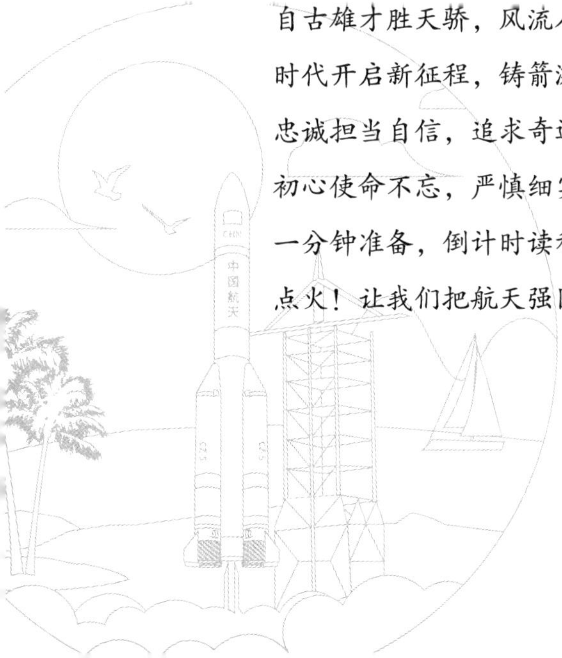

第一次进发射场

发射场是承载着航天人梦想的舞台，一次发射就是一群航天人的圆梦之旅。在火箭院北京航天计量测试技术研究所政工处专职党支部书记高志军看来，参与一次发射任务，带来的是心灵的震撼，激发的是爱国的情怀，点燃的是持续奋斗的引擎。

2019 年，高志军来到西昌卫星发射中心参与发射任务。这是他到火箭院工作 30 多年来第一次走进发射场。在此次发射任务中，高志军担任发射队临时党委副书记。刚刚接到任务的那一刻，他感到十分骄傲，同时又喜忧参半，喜的是终于有机会奔赴发射场为型号产品贡献力量，忧的是自己没有经验，生怕工作做不到位。为此，他妥善安排，认真学习，提前做好各项准备工作。

夏日的西昌，雨量充沛，降雨说来就来，在火箭到达的当天，小雨就一直淅淅沥沥地下个不停。产品抵达后，早早等待的发射队员们便在雨中小心翼翼地搬运着产品，全身心投入紧张的工作中。此后的日子里，按照发射计划安排，总装、测试，有条不紊地进行着。班前班后会、调度会、发射前的动员会……在发射场的每一天大家都坚持“当日事当日毕”，每一个环节、每一步操作大家都始终坚持“严慎细实”。这给高志军留下了深刻的印象。

发射队伍中，很大一部分成员是共产党员，他们是型号队伍的中坚力量。为了更好地激发大家充分发挥党员先锋模范作用，发射队特别组织了“初心使命永不改 我为党旗添光彩”主题党日活动。活动中，全体党员面向党旗庄严宣誓，眼神坚定而又有力。一次党日活动就是一次心灵的洗礼，鼓舞了士气，增强了斗志。大家为了发射的最终胜利而奋力拼搏。

2019 年 7 月 26 日 11 时 57 分，长征二号丙运载火箭呼啸着腾空而起，高志军望着渐行渐远的火箭，被深深地震撼了，作为航天人的骄傲与自豪涌上心头。回到宿舍，他拿出一张草稿纸，奋笔疾书，一首《铸箭激情燃九霄》一气呵成。

回想起在发射场的 20 多个日日夜夜，发射队员们同心、同向、同行。细致的测试、精湛的操作、深夜的讨论，还有难题前勇敢的担当、从容的处置，无不让高志军深深地震撼。他说，首次进发射场的所见所闻所思所感，将成为永远镌刻在生命里的珍贵记忆。

（刘莎莎）

致航天人

李景新

万籁俱静的深夜，你通宵达旦奋斗，
阖家欢乐的除夕，你默默在岗坚守，
举步维艰的岁月，你逆流负笈追梦。
你用心血和青春浇灌航天之树，
却不曾留下自己的姓名。
而你担得起重任，也值得被歌颂，
因为有你，浩瀚宇宙又多了一颗璀璨的星，
因为有你，航天精神代代相传永耀神州。

圆满成功

可敬的无名英雄

伴随着发动机巨大的轰鸣声和尾焰耀目的亮光，长征火箭升空，犹如一把利剑刺破云霄，直上九天，将卫星送入预定轨道，用一次又一次发射成功铺就中国通往航天强国的道路。“成功”二字最动听，但这背后却是成千上万名航天人的默默坚守。

2020 年，火箭院北京航天自动控制研究所数字化中心员工李景新入职，如愿成为一名航天人。在此之前，一直关注中国航天事业发展的她都是通过新闻报道了解相关消息，哪枚火箭发射成功了，哪个航天重大工程又有新进展了，每次有成功的消息传来，有着深深航天情结的她都感到格外振奋和激动。

直到入职北京航天自动控制研究所，真正融入队伍中，李景新才真切感受到火箭各系统究竟有多么复杂与庞大，以及在“成功”的背后那些不可或缺、但又不为人知的每一位航天人到底付出了怎样艰辛的努力，又是以怎样事无巨细的态度不放过任何一个薄弱环节的。

李景新所在的数字化中心主要负责信息化建设。在开展数字化建设规划工作过程中，李景新随调研组走遍了全所各个部门和研究室，通过与不同部门、各个岗位的科研人员、管理人员深入细致地沟通交流，她了解到大家的工作情况，观察到同事们的工作状态，更感受到了那份属于航天人的严慎细实的工作作风。

工作中，李景新见过为了将设计进一步优化，一次又一次修改图纸的设计人员；见过一直坐在设备前调试仪器，忘记吃饭的技术人员；也见过为了迅速定位、解决问题，通宵加班的运维人员……这样一个个忙忙碌碌、兢兢业业的身影正是所有航天人的缩影，她知道，还有很多航天人，在她不知道的地方默默付出着。

“干惊天动地事，做隐姓埋名人”是航天人最真实的写照，这些默默付出的航天人，虽岗位不同、工作不同，但大家目标相同、梦想相同。将大家的点滴努力和付出汇集起来，凝聚成推动发射任务向着成功前行的强大动力，才成就了中国航天一次又一次的成功。

当又一枚火箭发射成功，深感航天人不易的李景新写下这首诗，为了所有为“成功”二字而努力的航天人，为了这群无名英雄。

（尚驰）

你始终是我的梦想

石磊

你是我春之狂想，
步入你的殿堂，不负十年苦读寒窗。
东方红响彻天宇，惊艳了我最初的时光。

你是我夏之飞扬，
无悔奋斗道路漫长，快意挥洒淋漓酣畅。
飞船升空嫦娥奔月，深邃太空被理想之光照亮。

你是我秋之华章，
繁花散尽历经沧桑，岁月托举醉人的琼浆。
绚烂华服美丽霓裳，难抵千年天问祝融探火的辉煌。

你是我冬之蕴藏，
青丝染上风霜，报国热血仍在胸中汩汩流淌。
天地往返岁月轮回，浩瀚宇宙广袤无疆，
你始终是我的梦想。

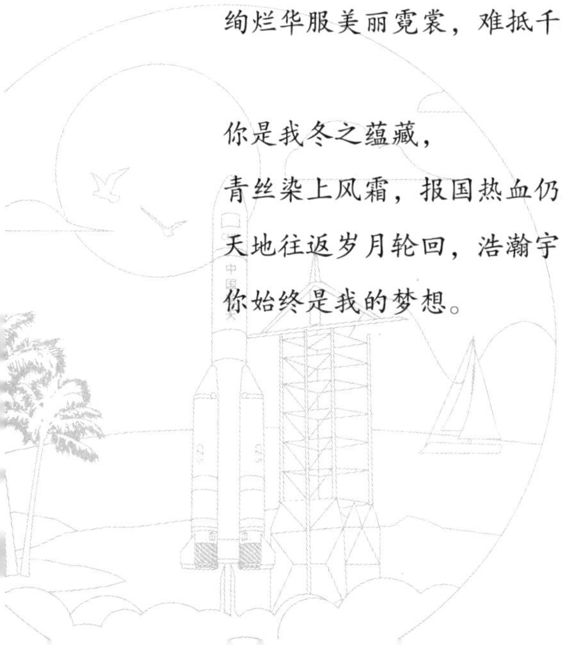

向梦想奔赴而来

2022 年 5 月 2 日，习近平总书记给中国航天科技集团空间站建造青年团队回信，引起了航天工作者的热烈反响，也让火箭院北京航天计量测试技术研究所的石磊颇有感触。进入航天工作的 30 多年里，石磊见证了一代代航天人用青春、汗水、心血接续奋斗，在逐梦太空的征途上散发光彩，也用自己的实际行动向着航天梦奔赴。

刚进入火箭院工作时，石磊正好赶上长征三号运载火箭成功发射亚洲一号通信卫星，那时的她见证了航天事业的荣耀与辉煌。随着工作的深入，石磊更加深刻地体会到在这荣耀与辉煌背后，是无数航天人以热爱祖国、艰苦奋斗、无私奉献的精神为动力，咬定青山不放松，一代接着一代，一步一个脚印地把航天梦想变为现实。

无论是 20 世纪 90 年代，还是现在，让石磊感触颇深的是晚上去单位经常能看到院办公楼灯火通明的场景。那一盏盏耀眼的灯光下，有技术人员正在埋头攻关、有设计人员正在优化设计方案、有生产人员正在细排第二天的工作计划，也有预研人员正在头脑风暴讨论未来研究方向。不同的人员、不同的场景背后，展现的是一代又一代航天人兢兢业业、拼搏奋斗的工作态度和工作精神。每每想起这些都让她感到无比敬佩。

载人航天、“嫦娥”探月、“祝融”探火……在一次次升空、一次次发射、一次次创造奇迹下，航天事业发展越来越快、越来越好，石磊也在不同的岗位上一步步成长，不断为航天事业贡献着自己的一份力量。

作为北京航天计量测试技术研究所仪器计量室的党支部书记，面对逐年增加的计量工作，石磊从岗位出发，针对计量薄弱环节，积极探索“党建 +”工作模式，从管理、队伍建设、文化建设等多个方面，提高员工技能和工作效率，带领大家向着“计量任务按时完成率百分之百、检定员取证通过率百分之百、证书修改率为零”的目标奋力前进。

一年有四季，人生也有不同的年龄阶段，在不同阶段为梦想奔赴的航天人有不同的收获，同时也为航天事业创造了一个个辉煌成就。这首《你始终是我的梦想》表达了石磊对默默奉献的航天人的敬佩，也为自己从事航天事业而深感荣幸。

（王冰）

我爱“点检”

乔文生

我爱点检，点检在最美的夏天，
我不想等到凋零的秋晚，留给你机器不转。

我爱点检，我也爱诊断，
为企业排忧解难，只争朝夕不见不散。

我爱点检，与设备相伴，
我们彼此珍惜，初心不改阳光灿烂。

我爱点检，无论多晚，
有心动的感觉，必是三生三世的情缘。

我爱点检，那是相互的眷恋，
感受点检苦辣酸甜，砥砺前行梦想依然。

我爱点检，是聚与散的缠绵，
时光如流水，冲不淡的惟有理念。

我爱点检，在每一个点检的瞬间，
也许那就是，传说中的永远。

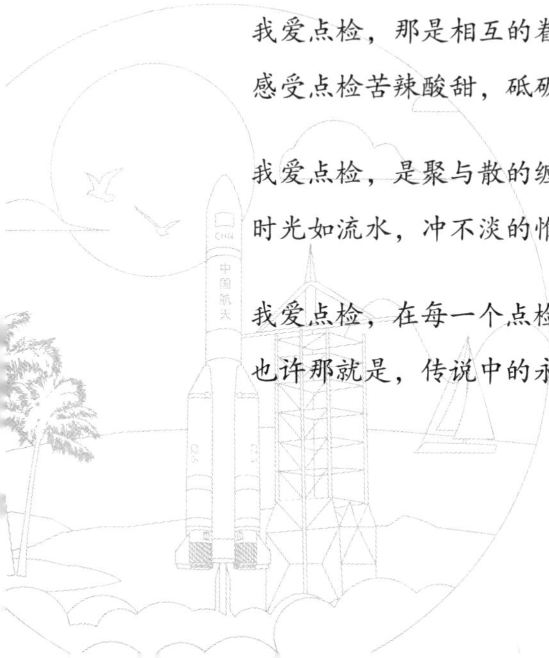

安全可靠

“点检”的苦与甜

“点检”是企业设备管理的一项重要工作，按照一定标准、一定周期对设备规定的部位进行检查，以便在早期发现设备故障隐患并及时加以修理调整，可增加设备平均无故障时间，降低设备全生命周期费用，提高企业的经济效益。

火箭院北京航天万源科技有限公司所属北京航天拓扑高科技有限责任公司（以下简称“拓扑公司”）智能监测运维部主要负责设计用于设备监测、点检以及诊断的仪器仪表。乔文生身为拓扑公司主管相关业务技术的副总工程师，需要经常出差到现场，帮助客户对设备进行监测与诊断，他也因此深刻体会到了“点检”的苦与甜。

“点检”是苦涩的。“点检”人员要与设备打交道，经常是风里来雨里去，工作环境十分艰苦。尤其在阴雨天和闷热潮湿的天气里，对设备的巡检频率更高，这对“点检”人员的体力是很大的挑战。冬天，北风呼啸，寒风刺骨，在外边站一会儿就会被冻得直哆嗦，但“点检”人员须冒着严寒，在零下20多摄氏度的环境中监测设备，即便脸被冻得通红、脚趾头被冻得发麻，他们依然要全神贯注监测设备；夏天，烈日似火，大地像蒸笼一样，热得人喘不过气来，在40多摄氏度的车间里，“点检”人员汗流浃背也依然坚持高质量完成工作。

面对企业的团队变化，不断培养“点检”监测系统研发人员；面对客户的人员流动，一批又一批地培训他们的“点检”人员，经年累月不断演绎着聚与散的故事，而唯有设备“点检”监测的理念坚持不变。

除了环境苦，“点检”工作还有一定的危险。有一次，乔文生接到客户反馈，说内燃机车出现了故障，乔文生与同事第一时间赶到现场，对设备进行诊断。在采集数据过程中，设备突然喷出了半米多长的火焰，在场的同事险些被烧伤。现在回想起来，乔文生仍然觉得有些后怕，“但是这并不影响大家的工作热情，只要到了现场，大家就会直奔设备开始工作，从来不会顾及环境苦、有危险等”。

“点检”虽苦，但也有甜。乔文生说，“点检”人员与设备朝夕相处，对设备的养护保障了其安全、可靠、有效地运转，有时候，“点检”人员的一项工作就可以为企业节省上百万元费用。人与设备共同为企业效益的提高做贡献，形成了共生共荣的组合体，这本身就是一种甜。

（阎琳琳）

无私奉献

奉献，是困难面前的主动担当，是成就背后的甘于牺牲；奉献，是履行职责时多尽一份心，坚守岗位时多出一份力；奉献，还是在平凡的岗位上燃烧激情和才智，在普通的工作中挥洒辛劳和汗水。像燃烧自己、托举希望的火箭一样，无私奉献是火箭人骨子里的纯良，是时光带不走的群体气质，他们心中有家国，不吝光和热。

南乡子·贺首飞

秦建立

何处望神州，无限风光在龙楼[1]。
航天强国复兴梦，悠悠，十年铸箭添锦绣。

静动热研究，强度环境第一流。
安全可靠谁追求？无休，火箭人永奋斗。

①龙楼，指龙楼镇，隶属于海南省文昌市，中国文昌航天发射场所在地。

难忘的那些人那些事

2019年12月27日，在中国文昌航天发射场，随着一道绚丽的尾焰划过天际，长征五号（简称“长五”）遥三运载火箭点火升空，将卫星送入预定轨道，任务取得圆满成功。作为长五火箭研制团队的一员，火箭院北京强度环境研究所试验人员秦建立在兴奋的同时，也不禁回忆起长五火箭首飞时的情景，回忆起研制过程中那些难忘的人、那些难忘的事。

北京强度环境研究所承担着长五火箭研制过程中的结构强度试验、环境可靠性试验等各种试验工作。由于产品试验较多，且大部分试验在天津进行，秦建立和同事徐国梁、樊智辉前往天津组成了项目办，现场组织安排试验流程。工作中，徐国梁负责总牵头，秦建立负责计划调度，樊智辉负责质量安全。5年时间里，3人各司其职、通力合作，一共组织进行了180多项试验，为多个产品的性能提供了保障。

奋斗的道路不会一帆风顺，往往荆棘丛生、充满坎坷。但是山再高，往上攀，总能登顶；路再长，走下去，定能到达。在试验过程中，秦建立见证了无数为保证型号产品研制成功而挥洒汗水、奋勇拼搏的人们。

有的人放弃节假日，披星戴月赶试验，只为保证研制进度，即使到了春节，他们也只休息了除夕和初一两天，还来不及好好陪伴家人，就赶忙回到岗位继续工作；有的人忍着病痛一直坚守岗位，只为不耽误试验进度；还有的人面对全新的产品，从零开始，进行了无数次论证，方案也是修改了一轮又一轮，最终顶住压力，在一个月内定下方案。

虽然他们来自火箭院不同的部门、不同的岗位，但火箭腾飞背后少不了他们默默的付出，他们为同一个梦想——火箭发射成功而做出的努力都是令人难忘的。同样，在发射之时，面对整装待发的火箭、面对成功后闪耀的大红屏，他们内心的自豪与喜悦也是至今难以忘怀的。

与这些队员们一样，对于秦建立来说，能够参与长五火箭的研制，不管是经历首飞成功的喜悦，还是见证长五遥三火箭复飞的圆满成功，他都感到无比的幸运和幸福。未来，他仍将继续为航天事业的发展贡献自己的一份力量。

（王冰）

首飞日出

胡鹏翔

红日东出海，朝霞万里开。
椰林拂清风，细涛啼鸟赛。
前路漫漫展，步履稳稳迈。
光阴催人奋，功成不晚来。

CZ-5B成功

成功之日观日出

2020年5月5日清晨4点半，海南文昌的天还黑着，早起的鸟儿不吵、草丛中的虫鸣也不躁，这座海滨小城似乎还在甜甜地沉睡着。

但在中国文昌航天发射场却是另一番景象，通往发射阵地的路上已灯火通明，很多有操作任务的发射队员已经出发了，火箭院北京宇航系统工程研究所长征五号B运载火箭设计师胡鹏翔也早早起床，目送战友们忙碌的身影远去。

胡鹏翔在此次发射任务中负责力学环境测试岗的工作，按照发射场的射前工序流程，他所有的任务都已经在前两天收尾，今天终于可以有一段时间，目送火箭点火起飞。神经绷得太久了，久到已经形成了生物钟，胡鹏翔到了往常开始忙碌的时间自然而然就睡不着了。

虽然自己的任务已经收尾，但胡鹏翔却并没有放松下来，反而一直和有任务的同事们战斗在一起。火箭发射前的准备工作很多，每个完成自己任务的发射队员都会主动帮其他人分担，哪怕只是分析一下文件、处理一下数据，也能让自己的战友分出更多的精力，投入更重要的工作中。

发射这天，胡鹏翔终于有了一点儿可以抽出来的时间，在来发射场之前，他就听说这里的日出很美，这天，他决定去看看计划了好久的海上日出。

东方已经泛起了鱼肚白，朝霞一点点绚烂起来，耳边响起了椰林风声，小鸟在树枝间歌唱着，生机勃勃的景象似乎都在安抚着胡鹏翔："放心吧，火箭发射一定会成功的。"静静感受着一切，胡鹏翔努力将自己的思路从各种细节梳理中抽出来，紧绷的神经渐渐放松下来。

自 2014 年加入航天事业以来，胡鹏翔一直在负责长征五号 B 运载火箭的设计，虽然这型火箭的不少技术在长征五号运载火箭上已经得到验证，但还有很多关键技术仍是第一次开展飞行试验。为了保证万无一失，在发射场进行力学环境测试等各种试验时，胡鹏翔都对状态、参数、细节进行了反复验证，直到几次核查的结果一致才放心。

天光越来越亮，不知不觉间，太阳升起来了，壮美的日出似乎给了胡鹏翔新的力量，看着新升起的太阳，感受着首飞"大考"的激动，他转身朝着发射塔走去，那里有他在发射场陪伴了 90 余天的火箭，他想再为它做点儿什么，哪怕只是微不足道的一点点。

傍晚时分，随着一声"点火"口令，长征五号 B 火箭腾空而起，将有效载荷精准送入太空，胡鹏翔心潮澎湃，写下了这首《首飞日出》，纪念这一激动时刻。

（张娟娟）

踏莎行·读余梦伦院士传作

宋张驰

烽火八年，七情难安。六载勤学赴燕园。
五岳四山不恶远，乡思三两放一边。

国之大者，克难攻艰。咸知科研若登攀。
功勋苦楚多作伴，乐也辛酸泪也甘。

心中的“他”给我力量

2022年5月10日，长征七号遥五运载火箭成功发射天舟四号货运飞船，全体发射队员欢欣鼓舞，这也让经历过长征七号A遥二运载火箭发射任务圆满成功的宋张弛感慨万千，忆起了难忘的经历。那一年，长征七号A遥二运载火箭发射后，火箭院北京航天自动控制研究所控制系统半实物仿真主管设计师宋张驰看到发射大厅上面的遥测数据和测试了无数次的额定状态仿真试验结果高度一致时，泪水夺眶而出，他为自己是这个团队的一员感到自豪，更默默地感谢给予自己前行力量的中国科学院院士余梦伦。

来火箭院工作后，宋张弛没少从师父口中听说余梦伦院士的故事，余梦伦院士是宋张弛心中的标杆，他深受余梦伦院士扎根一线、严谨认真精神的感召，勇于挑战、不惧失败，用奋斗的青春陪伴长征七号A运载火箭冲出阴霾，走向成功。

宋张弛刚入职不久的一天，他的师父突然晕倒在卫生间，因脊柱增生压迫神经系统，师父原本需要动个大手术，但是为了保证试验进度，一直撑着到了现在……宋张弛决定要担下师父负责的那份工作，保质保量完成任务。

随后，宋张弛征得领导同意承担起本应至少两人才能完成的长征七号A运载火箭姿控半实物试验和制导闭路试验两项任务。那时，一些关键问题还没有解决，但距离节点要求只剩一周的时间了，宋张弛思来想去睡不着，但他不放弃也不逃避，余梦伦院士曾经说过的话给了他动力，“弹道设计会遇到很多困难，但一次次攻克技术难关带来的成就感，又让人无比幸福”。宋张弛迎难而上，连续一周夜以继日地调试、找问题，每天唯一的休息就是感觉特别累的时候在实验室的椅子上稍微打个盹……最终，他完成了这个看似“不可能”的任务。

长征七号 A 遥一运载火箭发射任务失利的时候，宋张弛曾十分难过和懊恼，人一度变得浮躁，后来，也是读到余梦伦院士的一句话，“这点困难算不了什么，我希望能为国家多做点事”给了他继续前行的勇气。褪去浮躁，宋张弛安慰自己，“发现困难、解决困难，这就是航天人的必修课”。随后一年里，针对长征七号 A 遥一运载火箭发现的问题以及举一反三的情况，宋张驰和同事们进行了大量的补充试验，为长征七号 A 遥二运载火箭发射任务做足了准备。

踏上航天科研道路伊始，以余梦伦为代表的老一辈航天人的科研精神就滋养着宋张驰。两年来，宋张弛陪着这型火箭经历失败再到成功，从“小白”成长为一名经风历雨的“战士”。宋张驰有感而发，写下这首踏莎行，记录自己一路走来航天前辈们给予的力量。

（撒文昭）

平凡亦不凡

杨陈毅

“哪有什么英雄，只是凡人挺身而出”。
可挺身而出的那一刻，
凡人就已然成为英雄。
当红色基因和蓝色梦想相融，
身边平凡的火箭人，
亦是奋战在航天强国征程上的英雄。

暂时搁下父母的牵挂，
权且推迟孩子的请求，
逆向奔赴，无悔坚守，
只为火箭腾飞的那一刻。
哪怕超越上线的辛苦，
哪怕达到极限的操劳，
追梦的路上不曾有半点埋怨。

每一个夜晚的坚守，
每一个黎明的奋斗，
那是火箭人向着成功的奔赴！
请党放心，
事关强军报国的使命，
平凡亦英雄的火箭人必挑重担，
坚定勇毅、无悔前行！

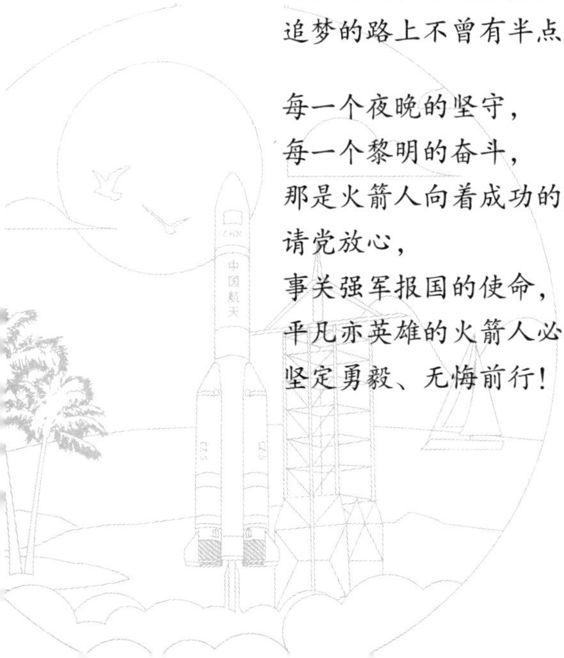

梦想永恒　奋斗不止

2022 年 9 月 13 日，长征七号 A 运载火箭成功发射中星 1E 卫星。在中国文昌航天发射场，和所有发射队员一样，火箭院山西航天清华装备有限责任公司政工干事杨陈毅激动万分。作为发射队政工队伍的一员，此次来到发射现场，他强烈感受到了一支队伍的坚定与担当，也让他对“平凡亦英雄”的航天清华人更添几分敬佩。

八九月份的海南酷热难耐。在这里，杨陈毅看到了忙碌在火箭发射平台上的航天人。为在推进任务的同时做好新冠疫情防控，即便在高温暴晒的天气下，大家依然严格佩戴着口罩。一天下来，衣服干了湿、湿了干，不知道反复多少回。

霍四清是发射队员中的一员。他这次带队来到文昌，主要负责更换火箭活动发射平台支撑臂压力传感器，以及台面补漆和各系统恢复等任务。在火箭垂直转运前，他带领大家对支撑臂进行升降调平，并开展细致测量。这既是体力活，又是技术活。大家跑上跑下，一点点测、一点点调，直到保证每一个数据都准确无误。现场的每一个人都干得热火朝天，年轻队员们更是纷纷主动请缨，跑在前、多分担，没有谁因为辛苦就退缩，也没有谁因为辛苦而抱怨。

繁忙的工作之余，霍四清还向杨陈毅讲述了发射平台的建设发展历程。2013年，也是杨陈毅刚刚大学毕业参加工作那一年，长征五号、长征七号运载火箭活动发射平台正在文昌进行安装调试。当时处于建设初期，发射场的条件很艰苦，各种配套设施也不齐全，但是大家瞄准目标不松懈，最终按节点圆满完成了调试任务，为后续一次次发射成功奠定了基础。

时至农历八月十五，发射队员们在发射场度过了一个独特的中秋夜。"每逢佳节倍思亲"，当夜深人静时，杨陈毅看着手机里女儿的视频，不禁多了几分想念。这个中秋恰巧是女儿一周岁生日，但由于任务在身，他不能陪伴女儿过生日。妻子告诉他，女儿在他出差的这段日子里，常常指着手机找爸爸……杨陈毅想，整个发射队伍里，每一名成员都为了一次成功的发射，不得不暂时放下对小家的牵挂。看着大家的热情、热爱与担当，他的内心充满了力量。

功夫不负有心人，当长征七号A运载火箭腾飞的一刻，整个发射队伍都沸腾了！所有的付出都值得！身为火箭人，杨陈毅满心的骄傲与欢喜！

这次发射经历是杨陈毅的宝贵回忆，每当回想起来他都激动万分，能量满满。于是，他提笔写了这首《平凡亦不凡》，致敬身边每一个航天人，致敬每一次了不起的成功。

（刘莎莎）

沁园春·乡愁

江存胜

异乡风光，千里沙封，万里尘飘。
望驻地内外，无见绿颜；碱石滩上，骆驼刺黄。
黄沙莽莽，甚是荒凉，欲见远方那棵松。
须无风，看无两风姿，独撑晴空。

此处如此苍茫，让吾心思乡似断肠。
逢佳节望月，心更徜徉；父母妻儿，魂牵梦绕。
他乡夜长，实难酣睡，辗转反侧难入眠。
俱往矣，惟职责在身，忠孝难全。

他乡异地倍思亲

茫茫戈壁滩，黄沙漫天，没有郁郁葱葱的绿色植被，只有低矮的骆驼刺稀稀拉拉地分布在苍茫黄沙上，被呼啸的狂风吹得东倒西歪。极目远眺，隔着狂风肆意卷起的沙尘，能模模糊糊看到驻地小山上一棵树孤独地伫立着，仿佛天地之间只有这棵树和肆虐的风沙。就是在这样艰苦的环境下，火箭院北京航天自动控制研究所的设计师江存胜驻扎了半年。

这年盛夏，为了给异地客户的系统提供技术维护，江存胜和同事们来到这里，要在此执行为期半年的技术保障任务。驻地条件十分恶劣，方圆十里荒无人烟，放眼望去，除了几颗缺水发黄的骆驼刺外，就只有驻地山顶上的一棵树每日与他们做伴。工作之余，看着黄沙伴着狂风起舞成为他们枯燥的业余生活中的一个乐趣。

“独在异乡为异客，每逢佳节倍思亲。”恰逢中秋佳节，江存胜手机没有网络无法联系家人，思乡心切的他在深夜里辗转反侧，索性起床，走到窗前。江存胜望向窗外，呼啸的狂风已经停止，寂静的戈壁滩显得更加荒凉，和头顶灿烂的繁星形成鲜明对比。

江存胜对亲人的思念愈发浓烈，恨不得立刻插上翅膀飞到家人身旁，但他也深知自己职责在身，无法归家，只能将眼前的景色和自己浓浓的思念写进诗词中、藏进心里，再扛起重任，和同事们一起严慎细实地处理好工作的每一处细节。

由于条件限制，驻地没有网络和移动信号。在外地工作的半年时间里，江存胜只能借少数外出的机会和家人短暂联系几次。在一次通话中，他得知母亲3个月前因意外受重伤住院一个多月，是妻子请假全程陪护的。电话中，江存胜母亲宽慰他："我没事，已经出院休养了，你别担心，咱既然去了就好好干工作，要对得起国家的培养和组织的信任。"

身为人子，江存胜对自己在特殊时期没在母亲身旁尽孝感到无比难受，但确实无法放下工作赶回去探望。自古忠孝难以两全，他牵挂母亲的同时又写下"蹉跎岁月快半生，至今未能报母恩。吾儿今日初长成，更知父母爱子浓。吃水不忘打井人，爱儿更别忘双亲。滚滚长江水逝东，养育之恩铭心中。"来告诫自己不要忘记母亲的养育之恩。等他执行完任务回到家中看望母亲，已经又过去了3个月。

3个月又3个月，从一开始的不适应，到后来的苦中作乐，江存胜和同事们把对家人的思念化成向前的动力，最终靠着过硬的技术、高度的责任感，圆满完成了维护任务。他们吃苦耐劳的航天精神和严慎细实的工作作风得到了客户的高度肯定，化为戈壁滩星空中最闪耀的星。

（尚驰）

题记小儿相思泪

刘波

一滴相思泪，化作平湖水；
恣意流百年，消弭不及追。
夜凉西风吹，衾暖战马催；
手把明月刀，思飞漫边陲。
遥遥月盈亏，迢迢路达北；
举目越天山，神游度崔巍。
竖子哭惊雷，终作心揉碎；
执樽惨然颓，漂泊却为谁。
四望皆向背，日夜图北窥；
我辈青天舞，百折志不馁。
磨砺剑锋锐，踌躇大手挥；
负风傲笑后，轻揾英雄泪。

最远的你是我最近的爱

一天下午，作为火箭院一个试验队的技术负责人，出差在外的刘波接到了岳母的电话，刚一接通，电话那头便传来儿子“哇哇”的哭声。刘波第一反应是孩子哪里不舒服，急忙问：“这是怎么啦？”岳母解释道：“没有大事，就是孩子说想爸爸了，要给你打电话。”

听到这里，刘波愣了一下，除了说“你乖一点，爸爸过几天就回去”来安抚电话那头哭泣的孩子外，他找不出更多的话语。挂掉电话后，涌上心头的是他对家人的愧疚。多的是出差，少的是陪伴。因任务在身，他经常出差，短则两个月，最长的一次出差有256天。有好几次出发时间是在清晨，看着熟睡的儿子，他的心里是说不清的酸楚。想象着儿子睡醒后因找不到爸爸而失落的样子，他更是万分不舍。

刘波还记得有一次跟儿子分别是在春节，那时，孩子生病未愈，他和妻子决定两人先赶回北京工作，孩子随岳父岳母待在老家等病好了再回京。不承想两人要离开时，孩子哭着一声声喊着“爸爸妈妈”，刘波心疼不已，和妻子含泪忍痛离开。等孩子病好了返回北京家中，刘波一把将他抱在怀中。孩子一开始一直盯着刘波看，不一会儿，他竟然搂着刘波的脖子大哭起来。也许，孩子心里有很多委屈，却不能用语言来表达。那一刻，刘波和妻子潸然泪下。

不能经常陪伴在孩子身边，不能像很多父母那样与孩子每天在一起分享快乐，但刘波对儿子的牵挂一直在。他手机里、钱包里都存着儿子的照片，工作累了或者想儿子了，就翻出照片看看，觉得孩子虽远却是最近的爱。

有时候，刘波也会想，相比于很多航天前辈们，他已经幸福太多，至少现在每天可以打电话，听一下孩子的声音。一声声“爸爸”，是甜甜的爱，是浓浓的亲情。

刘波是父亲，也是儿子。有一次，他在外出差已经有150多天，打电话给母亲被问及“十一能否回家”时，虽然心里还没底，但他不想浇灭母亲的希望，便说“回去”。母亲说：“把孩子带回老家让你父亲看看，你父亲也想你了。”那一刻，刘波忍住没有让泪水流下来，答应着“好”。与儿子半年不见，刘波深知思念之苦，而父母已经两年未见他，他们的思念又怎么会比自己少？

刘波不能每天在家尽育子之责，他的岳父岳母承担了更多照顾家、照看孩子的重任。有一年出差，刘波记错了出发的时间，原本以为晚上走，结果下午就走，岳母在中午听到后连连说来不及包饺子了。中国的父母之爱，含蓄居多，一顿饺子是家人对刘波早日归家的期待。

像刘波一样，常常出差在外的很多航天人与家人有太多的分离与思念。但总有一些事情需要有人去做，为了做得更好，就要付出更多，陪伴家人的时间也少了很多，这是无数航天人家国情怀的写照。念及幼儿，刘波写下这首诗，感恩家人的默默支持，感悟父母之于子女俯拾皆是爱。

（王莹）

首战大捷

米弘

戈壁青穹旷，羌笛玉液香。
东风浴神剑，士气战寒霜。
百状淬殊智，千劫砺金刚。
首役鸣捷报，盛誉九州扬。

万难不破我丹心

当试验基地指挥控制中心指挥长洪亮的声音响起："首飞试验取得圆满成功！"时，火箭院一个试验队的质量组长米弘再也无法控制自己焦灼、紧绷了太久的情绪，与身边的同事一起紧紧拥抱、喜极而泣！

这是一个用户需求迫切、难度巨大、标准超高的重要型号产品，回想立项、竞标到研制的几年中，米弘和同事们经历了太多的困难与坎坷，每一步都饱含了型号队伍人员的倾情付出，每一步都凝聚了参与人员的心血和汗水，步步艰辛……

由于新技术多、风险大、研制周期短，作为这一型号产品的质量组长，米弘既要抓牢重点、高效管控，又要保证研制过程的高质量。她结合型号产品特点，为任务量身定制了针对性强、符合实际的质量保证大纲和管控计划，并对任务全过程实施质量动态监控，复核复算、问题归零、风险分析等五百多项评审、百余份院标和型号文件编写……为了保证高标准的研制质量，无论大小事务，她都尽心尽力，繁忙程度可想而知。队员们白天写文件、写报告，晚上开会，工作几乎占据了大家所有的业余时间。由于家住市区离单位较远，米弘每天早出晚归，很少有时间能够照管家事，接送孩子上学上辅导班、看望照顾年迈的老人……只能都交由丈夫“代劳”，更令她心怀歉疚的是，几年时间里，她只给孩子开过一次家长会……

重重考验、种种磨炼激发出了米弘和队员们保证高质量成功的昂扬斗志，他们用优质的研制质量保证设计方案正确、技术状态和风险可控，为飞试成功筑牢基石。

首飞任务历时两个多月，米弘和试验队员们与长河落日为伴，在大漠孤烟中度过了国庆和中秋，“点火不到，双想不停”“我的岗位我负责，我的工作你放心！”试验队员们用踏实到位的工作保证每一项数据、每一个口令、每一次操作都精细准确。执行任务当天，米弘早早走出宿舍，想在出发前检视一下几年来与他们朝夕相处的产品，没想到远远地就看见了型号总指挥，在苍茫戈壁的寒冷深秋中，他们一同默默注视着产品缓缓而来，款款而去，如同为即将出嫁的女儿送行……

万难不破丹心，付出终获硕果。品尝着胜利带来的欣喜与荣耀，米弘心潮澎湃，写下这首五律，纪念首战大捷！

（撖文昭）

旌旗

王浩

龙腾一线穿空过，
银箭飞沙破云来。
万壑波涛翻浪涌，
旌旗照野万家安。

山河倚剑风波定，
薄衫不觉塞上寒。
护国卫疆应有我，
初心不改换新天。

让胜利的旌旗永远飘扬

建设航天强国、维护国家安全，这是祖国和人民赋予火箭院神圣而艰巨的使命。追求型号任务的成功是航天人一往无前的坚定信仰。立足本岗，高质量保成功，让胜利的旌旗永远飘扬，这是火箭院北京航天自动控制研究所王浩心中最浪漫的事。

作为北京航天自动控制研究所探测制导系统主任设计师，王浩时常出差在外做试验。在他看来，一次出差完成一项既定任务是标准，一次出差也是一次涤荡心灵的旅程。

一次出差途中，王浩的目光掠过飞机的舷窗，美丽的祖国疆土尽收眼底，随手一拍就是一张绝美的画卷。那一刻，他惬意地享受着蓝天白云，也深深感受到了祖国大好河山的壮丽无比。“哪有什么岁月静好，只不过是有人替你负重前行。”王浩不禁想起这样一句话。是啊，作为新时代青年，有循循善诱的前辈，有志同道合的战友，有历练与成长的舞台，自己何其有幸。与此同时，他也想到，作为新时代的航天青年，就是要立足岗位，为航天强国建设承担起一份责任，贡献一份力量。

下了飞机，王浩和同事换乘大巴车，坐在颠簸的车上，远方的地平线若隐若现。一路上，型号产品多年来的研制历程如同放电影一般，一幕幕在王浩的脑海中闪现。每一次严谨的论证、每一次细致的数据判读、每一个不眠不休的夜晚、每一次收获成功的瞬间，这时回忆起来都是满满的感动。记忆深刻的是，在一次试验任务中，王浩参与了一次测试，其中一个参数数值虽然在正常范围内，但是却偏离了理论值。“不带一丝隐患上天”的理念在耳边敲响警钟，王浩来不及多想，赶紧进行细致核算。为了确保万无一失，他连续3天全力排查，深刻剖析，最终抢在任务节点前诊断出了数值异常的前因后果。在确认参数不妨碍试验任务的一刻，王浩悬着的心总算放了下来。

回首过往，先辈们筚路蓝缕，创造航天伟业，来之不易；展望未来，维护国家安全、捍卫祖国河山，任重道远。在王浩看来，作为航天事业中的一员，他必须立足当下，在科研生产一线做好设计事、把好质量关，为型号产品成功打下坚实的根基。

责任当头，担当为先，带着强烈的使命感，王浩写下了一首《旌旗》，将自己护国安邦的决心与梦想尽数写进诗中，表达自己不忘初心、砥砺奋斗的壮志，誓让胜利的旌旗永远飘扬。

（刘莎莎）

祝福

马铭

春回大地娇儿来，
繁花似锦迎风开。
喟叹无暇常相伴，
惟愿茁壮渐成才。

“担当是他的胸怀”

“其他人还不能上班，全都交给我吧。”

“您别着急，这项工作我可以承担。”

“我来负责吧，保证不耽误进度。”

2020 年，新冠肺炎疫情来袭，在各项管控措施的严格要求下，很多单位和岗位的工作人员数量减少，在任务量不能减、进度不能延的形势下，火箭院各单位都出现了岗位人员紧张状况。但此时，勇于担当的干部员工大量涌现，火箭院北京航天长征飞行器研究所产品集成部工艺员白健就是其中一员。

白健的日常工作节奏本身就很快，在紧张的工作之余，他又主动承担起生产任务的工艺技术管理，这之后他比以前更拼了。但这次他更让大家心疼。因为前不久他的孩子刚出生，家里需要人手，同事们都想把他替换下来，让他多顾顾家里，可都被他拒绝了。

2020 年 2 月份，随着疫情形势越来越严峻，白健所在的产品集成部的几名工艺员先后受管控措施影响，进入 14 天的隔离期，但型号产品进度越来越紧张，没有工艺人员的技术支持，生产中面临的种种难题都会成为型号产品进度的阻碍。

这一年的春节，白健没有离京，本该多照顾一下家人的他，选择走进单位接替同事去抢任务进度。每天奔走在生产现场跟产、总结各型号产品的差异与重点、反复确认产品状态，他常常忙得忘记了吃饭。在白健与同事们的努力下，任务实现了“后墙不倒”。

在重点型号产品返修遇到难题时，很多生产人员急得团团转，但此时的白健却表现得超乎寻常的冷静，他找到相关专家反复就现有条件开展分析讨论，确认出不同环境下的执行效果，选出最优方案指导操作人员，最终产品顺利完成返修，检验参数得到了专家的一致认可。

重点型号产品技术状态新、状态反复多，为了进一步提高工作效率，白健不断确认产品最终状态，并及时更新工艺文件、指导工人生产，为产品顺利交付做好保障。

“担当就是他的胸怀”，很多同事这样感慨，型号产品研制任务不完成，白健就放不下心，他也不是不想自己的小家，而是心中的“大家”一旦有需要，他就把“小家”排在后面了。看到他因忙碌而无法常伴妻儿，他的同事马铭写了一首诗，表达对他的敬佩，也祝福他在工作和生活中都能收获幸福。

（张娟娟）

抗疫

段鹏

吾箭穿天响，
红旗披霓裳。
往昔临霞唱，
今夏感慨长。
抗疫争先锋，
奋斗比天长。
晨光越奋强，
长征勇踏浪。

青春与使命的“交会对接”

段鹏是火箭院北京航天自动控制研究所8室的一名青年软件运维人员，他所在的软件运维小组一直以来承担的出差任务都很重，他早已习惯了出差频繁的工作节奏，但2022年上半年受全国各地新冠疫情多点散发的影响，段鹏经历了他入职3年以来最忙碌的“漂泊”时光。

这一年农历正月初十，在家还没有待满1周，段鹏就跟随发射队前往西昌卫星发射中心参加长征二号丙运载火箭开年的发射任务。临行前，段鹏的妈妈看着他背起鼓鼓的行囊，心疼不舍得有点哽咽：“在家里没两天就要走了，等你再回来，我们又要认不出你来了。”段鹏听着妈妈的话心里泛酸，但是任务不等人，他给妈妈一个大大的拥抱，然后挥手喊了句“等我回来”，转过身后眼角就掉下泪来。

段鹏所在的发射队是年后第一个进场的队伍，赶上了西昌卫星发射中心十几年不遇的大雪极寒天气，积雪深度将近20厘米。又凉又硬的寒风像能吹进骨子里，穿得再多都能感觉到这个季节坚硬的冷，段鹏工作的地方没有暖气，在火箭发射塔架上，寒冷无遮挡地袭来，他和队员们每天都冻得脸颊通红。纵然环境艰苦，但他们保质保量地完成任务的决心更足，全力以赴确保发射万无一失。

发射任务圆满结束后，段鹏又马不停蹄地赶到其他城市提前隔离，为下一项工作做准备。受新冠疫情影响，多个京外任务出现了人员空缺，段鹏同时承担起了多个型号产品的工作，身兼数职，开启了“连轴转”的工作模式——3月初从西昌飞回北京，在机场送完产品后直接转机飞往海南；5月中旬从海南飞回北京后直接回到单位开始封闭工作；直到6月6日的晚上，段鹏才回家和父母短暂团聚；2天以后，他又要赶往山西完成新的型号任务……

上半年，段鹏有80%以上的时间都在京外四处奔波，期间2次回到北京都只能“过家门而不入”。半年的风吹日晒让段鹏的皮肤变得粗糙黝黑，“果然又变得认不出来了”，段鹏的妈妈看到半年没回家的儿子时，心疼地说道。段鹏却笑着说：“这都是我的‘光荣印记’。每当看到型号产品发射成功时，我都觉得像是自己的青春和使命完成了一次‘交会对接’。”

“磨砺”过后，段鹏写下了这首《抗疫》，纪念自己半年以来辛劳又难忘的奋斗之路。

（撒文昭）

抗疫保生产随感

林鑫

昨夜军情急，都督大点兵。
军书二十卷，赫然有我名。
辞别众亲友，披衣和甲行。
征戍虽云苦，足以慰平生。

大漠忽疾风，神箭映日红。
静守以待时，飞去会天宫。
异乡逢佳节，思乡情更浓。
何日渡劫波，疫霾一扫空。

抗疫科研

唱响“双胜利”之歌

2022年5月中旬，北京的新冠疫情形势陡然紧张起来。火箭院党委向全院发出号召：坚定信心、迎难而上，奋力夺取疫情防控阻击战和科研生产攻坚战“双胜利”。当时，火箭院航天材料及工艺研究所5室重点项目负责人林鑫正和同事们在天津忙碌着。越是艰难越向前。林鑫和同事没有因为新冠疫情停下奋斗的步伐，奏响了一曲夺取“双胜利”的凯歌。

林鑫所负责的是火箭院一个新领域材料检测分析。新项目、新材料、新性能，他们深知自己肩上的担子有多重。面对一个个“拦路虎”，他们埋头攻关，取得了一个个从“0”到“1”的突破。大半年来，他们大部分时间驻守天津。舍“小家”、为“大家”，就是他们工作常态的真实写照。在新冠疫情形势相对平稳的时候，林鑫和同事们一般两三天回一次北京的家。面对严峻的疫情形势，他们减少了往返的频率，只为确保项目进度不受影响。

2022年5月17日，北京市疫情防控要求再次提级，丰台区要求居民“非必要不出区”。一边是复杂的疫情形势、一边是空前繁重的任务，火箭院及其院属各单位充分利用单位宿舍、公寓、周边安全酒店、科研区等具备条件的场地资源，为近千名员工提供基本住宿保障。航天材料及工艺研究所坚持“减员不减产，居家不停工”，并科学统筹、精准施策，发布了疫情防控期间的人员安排名单。林鑫和一部分同事成为坚守天津项目生产研制一线的人员。

“疫”起行动、众志成城，遥想着北京的同事们也在奋战着，林鑫不禁想起一句话“关键时刻绝不能掉链子”。他和同事们更加努力了，心往一处想、劲往一处使，拧成一股绳，彼此加油打气。特别是在端午佳节时，在天津的他们收到了组织远程送来的祝福，感受到一种别样的温暖和力量。

2022 年 6 月 5 日 10 时 44 分，长征二号 F 运载火箭从酒泉卫星发射中心点火升空，托举载有 3 名航天员的神舟飞船奔向空间站。林鑫和同事们在电视机前观看了发射直播。航天人夺取了又一次成功，鼓舞了全国人民的斗志和豪情！成功消息传来的那一刻，身为航天人的自豪感涌上了林鑫的心头，激发了他以更大的热情去探索、去创造的动力。

为夺取疫情防控阻击战和科研生产攻坚战的“双胜利”，火箭人无惧无畏，奋勇向前。林鑫以一首《抗疫保生产随感》记录了一段特殊的艰难岁月，也为奔赴下一段征程积蓄力量。

（刘莎莎）

雪花

王丽秋

雪花是天地的精灵
当年，哈雷彗星掠过地球
留下了一颗冰心
乘着四只彩凤拉动的车驾
在山海经和逍遥游里
吸过风饮过露、染上朱砂梅的清香
在月宫，青女和嫦娥用七弦琴弹奏千古
六瓣的雪花翩翩飞上我的额头

雪花是奥运的使者
从伯罗奔尼撒半岛到阿尔卑斯山
从古希腊雅典到法国夏蒙尼
怀揣梦想和热爱
跨越肤色和语言
从西方到东方、从远古到未来
顾拜旦的宏愿和人类的理想
让世界凝聚成一朵雪花

雪花是冬天的强音
天有多大，雪原就有多广
山有多高，雪道就有多长

放牧驯鹿、极地生存
驱赶雪橇、逐猎冰原
从跳台飞跃、在雪野翱翔
心如冰雪纯洁、身如冰雪傲岸
狂风在呼啸中礼赞
人类的更高、更快、更强

2022年，雪花娟娟飞向北京
等待的日子，全世界都瞩目首个双奥之城
火箭人研制的大舞台和冰雪五环
捧出中国人的诗意晶莹
这是一支平均年龄不到32岁的冬奥队伍
这是火箭院65岁生日送给祖国的诚挚祝福
星与火、日与月、冰与雪、天与地
都在火箭人的心中
为了全人类共同的梦想
我们愿点亮无数美好的可能

冰心

“雪花，雪花，开在阳光下，在故乡、在远方，都一样闪亮……”在北京2022年冬奥会后，一首悠扬清澈的《雪花》传唱开来。雪花，是天地间的精灵，它轻柔地落在北京冬奥会的现场，将全世界人民的目光聚焦在此。万千雪花幻化成奔腾的黄河之水、耸立的冰立方、缓缓升起的冰五环，这是火箭院冬奥专项团队为全世界人民奉上的视觉盛宴。

火箭院北京航天发射技术研究所2室是北京冬奥会舞台技术总体单位，时任2室党支部书记的王丽秋见证了同事们的付出。在她眼中，那些幕后为了呈现出开闭幕式浪漫空灵效果的火箭人，都有着一颗和雪花一样晶莹剔透的心：“舞台效果、冰五环吊装、安全保障……北京航天发射技术研究所冬奥专项团队成员承担了多项重要工作。2020年年底，大家进驻鸟巢时还是深冬，2022年完成冬奥会闭幕式舞台的拆除已经是春天，几百天如一日的辛苦工作中，大家把汗水、泪水、心血都撒播在了鸟巢。”

不论是火箭发射还是各项保障任务，保成功是航天人一贯的行为准则，北京航天发射技术研究所冬奥专项团队亦是如此。但保成功的路多有艰难险阻，非有坚定的信念不可到达。近 500 个日日夜夜里，北京航天发射技术研究所冬奥专项团队成员有人刚领证结婚就奔赴现场；有人为了冰五环吊装到位彻夜不眠；有人为了按时完成任务提前住进保障还不完善的奥运村，各种口味的泡面都吃了一个遍……不管是盛夏还是寒冬，大家都一心为了呈现最完美的开闭幕式表演全力奔赴。

天大地大，北京航天发射技术研究所冬奥专项团队里这些为了最终任务成功而全力以赴的人，就如同雪花一样，虽渺小，但能覆盖一切困难。这支队伍也是火箭院冬奥会专项团队的一个缩影，大家都是小小雪花，却有无限的能量。王丽秋将大家的付出看在眼里、记在心里，有感而发写下这首诗。

北京冬奥会开闭幕式的完美呈现，向全世界人民展示了中国科技之美，也是火箭院冬奥会专项团队为火箭院建院 65 周年献上的最好礼物。怀揣着如雪花一般晶莹的心，火箭人用自己的努力为北京冬奥会点亮了美好的一角。当一切落下帷幕，航天人又奔赴新的征程，去点亮新的美好。

（尚驰）

确保北京地铁运行安全

乔文生

每一条北京地铁，都有拓扑工程师的身影，
手把手的指导中，分析着地铁风机。

是平衡不好？还是对中不齐？
是轴承故障？还是一切安好没有问题？

我们流着汗，哪怕在冬日里；
我们快乐着，哪怕充满噪音和浊气。
我们那么平凡，那么接地气。
平凡的工作，融进百姓的生活里。

我们那么坚持，那么不舍放弃，
不忘初心，安全北京绽放自己。

为北京地铁“体检”

地铁风机是地铁站的重要机械设备，一旦出现故障停机，极有可能危及乘客的生命安全，因此需要通过一些监测仪器系统及时监测风机运行的健康状况。为此，火箭院北京航天万源科技有限公司所属北京航天拓扑高科技有限责任公司（以下简称“拓扑公司”）开发了“数据采集故障诊断系统”，这个系统就像地铁风机的“体检医生”，对可能发生的风机机组故障进行预警，提前消除隐患。

除了做好技术和产品，拓扑公司设计提供了一套完善的售后服务流程，针对风机的故障，技术人员会第一时间赶到现场协助维修，排除故障，确保风机恢复正常运行，为北京地铁保驾护航。

有一次，北京地铁5号线64台大风机中，有46台出现了振动超标的问题。接到通知后，拓扑公司技术人员克服困难，第一时间赶到现场，开始对4个地铁站的风机逐一检查，不到两个小时就给出了诊断结果及维修建议，及时避免了安全隐患。

拓扑公司不仅提供监测诊断服务，还不定期地组织地铁运营公司人员开展现场技术培训及指导，提升地铁运营公司人员的故障排查和设备操作能力。

2019年8月26日，拓扑公司组织相关技术人员，到北京地铁10号线石榴庄站开展现场教学。风机通常在地下数十米到上百米的地方，虽然室外烈日炎炎，但到了地下，因为空气对流快，风速很大，即便穿着长袖外衣，也会有寒风刺骨的感觉。拓扑公司技术人员完全顾不上这些，拿出方案，就开始全神贯注地为大家讲解。风机运行起来，噪音很大，有时空气也会污浊，为了让大家听得更清楚，技术人员就一次次提高音量，几乎是喊着完成培训的。即便嗓子喊得沙哑，但是大家没有任何怨言，心中只想着为地铁平稳运行做些力所能及的事情。

拓扑公司副总工程师乔文生说，无论是天寒地冻还是炎夏酷暑，只要客户需要，技术人员都会在现场帮助解决问题，他们的工作虽然看起来没有那么高大上，但却很接“地气”，保障了北京的公共设施安全与人们的出行安全，虽平凡但有意义。

回顾多年来技术人员克服各种困难为北京地铁保驾护航的点点滴滴，乔文生很受感动，写下了这首诗。

（阎琳琳）

歌颂最美的祖国

杨雪旗

万里群山连天翠，
虽十米画卷，
画不尽祖国一分的巍峨；
千里秀水映日红，
纵万众齐览，
看不完祖国一毫的灵秀；
百业腾飞民族兴，
即万语千言，
赞不完祖国一丝的昌盛；
思想闪耀明灯烁，
尽满腔热血，
颂不毕祖国一缕的神圣。

热血与青春尽付给祖国的事业

偶然目睹火箭点火升空的壮观，让杨雪旗初识了航天的魅力，也悄然在心中播下了献身航天的种子。自此，他义无反顾地投入了中国航天的怀抱，将满腔的热血与青春尽付给祖国的事业。

杨雪旗与火箭的缘分源于2003年搭载神舟五号载人飞船的长征二号F遥五运载火箭成功发射。那是中国首次实现独立自主载人飞天，那一刻的场景勾起了他内心深处对航天事业的崇拜和对伟大祖国的无限热爱。火箭升空那一刻的绚烂，让“航天报国”的火种在他心中悄悄燃起微光。

2017年，就像冥冥之中被召唤，杨雪旗又一次与火箭不期而遇。那时还在东南大学自动化学院担任团委副书记的杨雪旗带队到火箭院北京航天自动控制研究所参观，这再度点燃了杨雪旗心中投身航天的夙愿，让他积蓄起了坚定又持久的信念与力量。2019年，杨雪旗怀着热情与梦想，成为了北京航天自动控制研究所的一员，投身于心驰神往的航天事业，正式开启了与航天事业的双向奔赴。

工作之初，未曾接触过航天项目的杨雪旗对于航天系统的研制充满了困惑，空有满腔热情却无从着手，但幸运的是，在北京航天自动控制研究所，他遇到了亦师亦友的优秀导师，从方法和技术层面给了他许多帮助和指导；遇到了热情包容的“战友”与他携手前行，在任何困难和挫折面前，给予他坚定的支持；更遇到了以人为本的温暖集体，让他不断地积累经验，快速进步成长。

工作以后，杨雪旗更深刻地感受到航天事业捍卫、守护着祖国的发展。他们为之奋斗的国之重器，让祖国无所畏惧地屹立于世界；他们倾注心血的每一发火箭，带着华夏儿女共同的梦想奔赴太空……航天是一件件小事，也是一件大事，小到每一个细微之处都关乎着成败，大到肩负着光荣的维护国家安全的使命。航天人是一个个小我，也是一个大家，当大家的意志与担当凝聚起来，就成为了一股助推祖国走向繁荣富强的磅礴力量。

随着工作越来越深入，杨雪旗愈加感觉自己肩上的使命和责任重大。他想，每一名投身航天事业的中华儿女心中都一定是怀揣着对祖国的热爱与敬畏，为自己崇尚的事业点燃心中的火种，为祖国的繁荣强盛燃尽自己所有的能量。有感于此，杨雪旗写下这首《歌颂最美的祖国》，表达自己对祖国的无限热爱，对献身航天事业的坚定决心。

（撒文昭）

小人物

刘英娇

难言暑之苦，淋漓汗如注。
凉室坐犹闷，日下正忙碌。
帚扫千尘去，液消冠毒输。
莫道寸草轻，情洒最微处。

“我为航天尽份力”

气温35摄氏度、36摄氏度、37摄氏度！地表温度45摄氏度甚至到60摄氏度！ 2022年夏天，北京的天气格外炎热，高温时间也显得格外漫长。在这酷暑天气里、在没有空调风扇的地方，有很多人用日复一日、兢兢业业的工作，保障着火箭院整个科研区运行的通畅舒适。火箭院航天万源实业有限公司所属物业公司的刘万德就是其中一员，他全心全意为航天事业尽自己一份力。

刘万德负责院内环境的保洁工作，夏天高温日晒、冬天寒风刺骨，但不论天气如何，不论遇到什么状况，他都始终勤勤恳恳、一丝不苟，拿着一个扫帚、一个簸箕，将负责的区域打扫得干干净净。

2022年7月末的一天，刘万德刚打扫完路面，一个晕车的员工从车上下来，就吐了一地。他二话没说，帮着把员工扶到阴凉地安顿好，紧接着从远处铲来土盖上，又打来水反复冲洗地面，不一会儿地面就被冲得一干二净。刚刚收拾完，还没来得及喘口气，细心的刘万德发现道路旁边有个井盖周围有点塌陷，存在安全隐患。他赶紧把手中的簸箕放到井盖上，作为警示标识提醒过路的员工，随后联系了主管，修复好了井盖四周，及时消除安全隐患。

像这样的事，刘万德还做过很多。工作5年来，粗算一下，他打扫过的路面有近百个火箭院面积的大小了。2022年新冠肺炎疫情形势严峻时，他还承担起了核酸现场消毒的工作。半年的时间，他背起、喷洒过的消毒液有数吨，只为不留死角，确保经过的每一个角落都被消杀干净。

炎热的夏季，在室外待上一会儿，汗水就浸湿了工服，但工作完成之前，刘万德不曾停下来歇息。有人问他："热吗？""热，但习惯了！这活儿得有人干啊！"刘万德说，"天气炎热我们无法改变，但我把环境打扫得清清爽爽，也算是为航天事业尽了一份小小的力量。"

刘万德的话让同事刘英娇感慨万分，遂写下这首《小人物》，表达出对火箭院保洁人员的赞扬之情。在火箭院，正是有无数像刘万德这样尽职尽责的保障人员一直默默发挥着自己的光和热，才汇聚成保障"大能量"，为火箭院科研人员的工作和航天事业保驾护航。

（高亚萍）

她记
——庆火箭院建院65周年

刘凯悦

她自画中来
纯粹，深沉，只为星辰
热烈，奔放，逐梦大海
持日月之笔，以天地为卷
携强国之志，谱箭弹之歌
她隐忍着披荆斩棘的泪水
创造了千篇神话
慰藉着亿万心灵
孕育出无数传奇
待光华闪耀
她向画中去
沉浸，笃行，只为星辰
奋起，搏击，逐梦大海
任昼夜更替
她似日月永恒

这一“课”刻骨铭心

2022年11月16日，火箭院迎来建院65周年纪念日，这一天也是研究发展中心项目主管设计师刘凯悦的生日。“这是一份莫大的专属荣幸！微妙的缘分更增添了我向她奔赴的动力。”回想起陪火箭院走过的时光，刘凯悦感慨万千，更忘不了2022年的一次试验。

“为什么每次以为快要成功的时候，都会遇到各种意想不到的问题？”“你要庆幸，现在多排除一个问题，就为飞行试验多降低了一重风险！”这是研究发展中心副主任设计师徐海运和刘凯悦师徒二人间的对话。重点型号产品是复杂巨系统，且应用了大量前沿技术，沉下心钻研是研制人员的“必修课”。

5月，严峻的新冠疫情形势给紧张的试验周期出了个大难题，5个分系统负责人均因从外地抵京后健康宝弹窗，无法进测试场，偌大的测试间只剩负责抓总与监督的电气总体徐海运和刘凯悦。

为了赶进度，师徒俩纷纷上手操作，徒弟下达口令给自己，谨慎启动每一步测试流程，认真记录每一包测试指令与回令状态；师父紧盯测试数据，确认每一步状态无误。每次流程测试一结束，都紧跟着大量的数据分析、判读，一天下来，刘凯悦的记录本写得密密麻麻。

重点型号产品试验就是充分暴露问题、解决问题的过程。在测试过程中，问题果然频发，一项任务超时或状态错误，导致流程终止；或通过数据判读发现异常……一个故障解决又出现另一个故障，师徒二人就像进了“局中局”，陷入一轮又一轮的测试、记录、判读、查找问题中，徒弟感觉“头都大了”。

“做好每一处故障记录，故障现象与测试状态都要写清楚，咱们依次排除，不放过任何一处问题。”每每如此，师父的话如同“定心丸”。为了透彻分析故障机理，师父动手制作工艺测试电缆，征得分系统同意后，还亲自修改软件代码，一双眼睛熬得通红。徒弟也不甘示弱，紧抠每一处可疑数据，与正常流程对比，为师父提供有力支撑。

电气匹配点在位于北京西四环的火箭院北京航天自动控制研究所，一个多月来，师徒俩每天自驾往返于西四环与南苑，早上 7 点半做完核酸出发，晚上 12 点边开车回家边激烈地讨论试验。最终，他们凭借百折不挠、勇往直前的精神，圆满完成了电气匹配任务。

“师父教给我的不仅是知识，还有为实现航天强国梦昂扬向上的斗志。”谈起这段经历，刘凯悦深受触动，“这是我作为职场新人所上的最特殊的一堂课，刻骨铭心。”

（李盈盈）

沁园春 · 致敬

张利彬

湛蓝清秋，素裹红妆，青鸟奔勤。
念巨细繁杂，巧手经纬；劳作无己，诸事躬身。
马背听书，儿睡笔耕，坚韧奋进比作邻。
今如昨，惟强心抚慰，日日如新。

世间姻缘如卿，可曾想征夫如古今。
叹相聚日少，陪伴奢望；相夫教子，情难自禁。
冷风过境，独木金汤，坚守本是巾帼心。
期所盼，求忠孝两全，静候佳音。

致航天家属

航天家属是一个怎样的群体，一千个人会有一千个答案，这些答案大多关于光荣、关于奉献、关于担当，但真正的航天家属们往往还有自己的答案，那就是渴望“用自己的方式为航天出份力”。在众多高大上的认知中，这种朴素的表白更令人动容。

2016 年，火箭院一型重点型号产品批产交付，因为是重点领域的关键产品，整个研制交付过程都是全新的，没有相关经验可借鉴、没有相关资料可参考，型号研制团队需要自己蹚出一条路，为后续交付打基础。这段“蹚路”之旅注定艰辛，也必须一步一个脚印走踏实。

火箭院北京宇航系统工程研究所 6 室信息控制系统设计师张利彬是这个型号队伍的一员，深深理解这个型号产品对国防安全的重要性。身处型号产品研制关键岗位，他对即将面临的忙碌心中有数，对家人却也心中有愧。这一年，为了能够按时间节点交付批产任务，他有 200 多天出差在外，把他的小家和刚上幼儿园的孩子都交给了妻子。

张利彬的妻子要上班，还要负责照顾和接送孩子，工作同样忙碌的她，只有晚上等孩子睡着了才能加班赶进度。她日常还有很多学习任务，每天忙得团团转，只能把要学习的内容转成音频文件，在上下班的路上听……

一个人照顾家庭和孩子的辛苦可想而知，张利彬看在眼里，疼在心里，但妻子还是坚持尽量多承担一些，让张利彬腾出更多时间忙型号任务。“你们的专业我不懂，就用这种方式为航天事业出份力吧”，张利彬被妻子深深感动着，更加坚定了对这个自己一手研制出来的产品相关系统负责到底的决心。

让张利彬印象最深的是，有一次，孩子高烧了好几天，妻子担心孩子，白天晚上连轴转，根本不敢休息，更不愿意让出差在外的张利彬分心，硬是自己小心翼翼地守护了孩子一周，整个人瘦了一大圈。当时张利彬手头的任务正在紧急关头，好不容易忙完的他抽空给家里打了个视频电话，看到孩子和问妻子后才知道，她之前的一周经历了怎样的辛苦。

忙碌的日子总是过得很快，转眼间到了 4 月 22 日，张利彬和妻子的结婚纪念日。白天张利彬一直没腾出空给妻子打电话，直到深夜回到住处，心生愧疚的他写了一首词，发给妻子。

词发过去以后，很快收到了妻子的回复，“你记得我就知足，多注意身体”。短短的回复满是理解，张利彬在愧疚之余，也汲取了不负期望，继续前行的力量。

（张娟娟）

凯旋

陈胜哲

辞家在元夕，凯旋已首夏。
春衫褪冬袍，宝巾替霜花。
雾散冰箭出，日斜铅粉瑕。
铜鼓凭栏望，清澜更天涯。

利箭出鞘　幸不辱命

“敢于战胜一切艰难险阻，勇于攀登航天科技高峰！”火箭院北京宇航系统工程研究所长征五号 B 运载火箭测发控系统设计师陈胜哲，在收集好最后一组遥测数据后缓缓站起来，注视着发射指控大厅屏幕上这行醒目的大字，成功的来之不易跃上心头。

发射指控大厅外已是一片欢乐的海洋，火箭系统、发射场系统等众多同事都在全力以赴后，尽情品尝着成功的喜悦。陈胜哲脸上挂着笑，欣慰地走到户外开阔处，呼吸一下这透着轻松气息的空气。

火箭早已飞远，不见了踪迹，但陈胜哲仍忍不住仰望天空，似乎要寻找火箭飞走的痕迹，那是她日夜呵护的火箭、是她最熟的伙伴、是她最亲密的战友，如今它已经光荣地完成了任务，为长征火箭家族飞行纪录里又增加了一次成功。

人在喜悦时总爱跟最亲近的人分享，陈胜哲不禁想到了远方的家人，他们也一定在守候着这场发射盛况吧。这是陈胜哲出差最久的一次任务，“60 多天”，她说，“我正月十五离家时还穿着羽绒服，现在已经可以穿短袖了，时间过得多快呀！”

陈胜哲最煎熬的就是在发射场旁的酒店里隔离的那段时间，每天看着群里紧张的任务状况，自己却使不上劲儿，那种焦虑让她坐立不安，恨不得 14 天的隔离日子一眨眼就过去，好能和大家并肩战斗。

好不容易出了隔离期，陈胜哲第一时间来到现场，前期的工作已经被同事们按照节点处理得明明白白，所有数据条理清晰、记录翔实，想到他们每天忙得顾不上吃饭睡觉，还能把非本职岗位的工作做得这么好，陈胜哲感动不已，只想尽己所能多承担一些，让同事们能稍微歇一歇。

然而，火箭发射之前，沉浸在任务中的发射队员们丝毫不愿时光走得那么快。这次发射是在新冠疫情之下，受疫情管控等诸多因素影响，很多发射队员无法到发射场执行任务，早期进场的同事们便都身兼两职、甚至三职，白天前后方任务联动，晚上还要写各种测试报告，只希望时间能过得慢一些、再慢一些，让大家可以把工作做得更扎实。

几十天的忙碌眨眼而过，首飞的日子一下子就到了眼前。火箭发射这天，陈胜哲负责的战线最长，同事们已经去庆祝成功了，她却还在坚守岗位。但成功的喜悦早已在心里蔓延开来，最后一组数据收集完，她便写下了这首诗，纪念这次难忘的发射任务。

（张娟娟）

勇于攀登

攀登是向上的力量，是不屈的决心。如果说尖端科技是山，强国梦想是山，那么火箭人一定是最坚定的攀登者。勇于攀登，我们为国铸箭、探索宇宙，实现从跟跑、并跑向领跑的跨越；勇于攀登，我们打造国之重器、筑牢安全基石，坚守维护国家安全的使命。山不止在脚下，也在心里，攀登者不只是远方的英雄，还是身边的你我。

如梦令·贺北京宇航系统工程研究所65周年

李东

六十五载寒暑，筚路蓝缕征途。
东风御长空，神箭筑成天路。
天路、天路，丰碑伟业共铸。

今日重回一部，喜见英才辈出。
倚天舒广袖，星河瀚海任舞。
任舞、任舞，九天再绘宏图。

大局 系统 严谨 争先 包容

65载再绘宏图

“五八年的春天孕育希望，东风和长征在南苑起航。”2023年4月2日，中国航天第一个总体设计部、我国科技装备和长征系列运载火箭主要总体研制单位——火箭院北京宇航系统工程研究所迎来了成立65周年的日子。

作为自北京宇航系统工程研究所走出的型号总师，长征五号系列运载火箭（简称“长五系列火箭”）总师李东在这一天重回自己成长的地方。“历史长廊”图片展里，一幅幅图片再现了北京宇航系统工程研究所抓总研制的长征系列运载火箭在载人航天、月球探测、北斗导航和空间站建造等国家重大工程中的卓越贡献。看着这些激动人心的图片，李东为研究所这些年来取得的成绩高兴，也欣喜于新一代航天人的成长。

作为钱学森以“总体设计部”为核心的系统工程方法的首个实践地，北京宇航系统工程研究所承担着我国火箭总体设计部和中国航天战略参谋部两大职能。1989年，李东进入北京宇航系统工程研究所读研，师从中国工程院院士龙乐豪；1992年毕业后，李东留在研究所11室工作，这一段工作经历培养起他的大局观和系统思维。

回想起在研究所的工作经历，李东清晰地记得在长征三号甲系列运载火箭研制过程中，面对火箭性能指标、研制进度之间的相互制约，龙乐豪院士用系统思维进行取舍，找到了火箭研制的最佳平衡点。

带队研制长五系列火箭时，李东和研制团队对之前的长征系列运载火箭进行了全面梳理，面对最优的火箭性能与制造、加工能力之间的矛盾，李东从全局出发，也寻找到了那个最佳的平衡点，成功研制出长五系列火箭，结束了我国没有大火箭的历史。

在长五系列火箭研制团队中，有不少北京宇航系统工程研究所的员工，在与他们打交道的过程中，李东发现："他们都自带总师思维，不论是全箭抓总还是分系统抓总的成员，大家都从全箭的角度出发思考问题，这也是北京宇航系统工程研究所一直以来的文化传承。"

这次回到研究所，李东感觉到新时代的航天人思维更加活跃、更善于表达自己的观点，属于年轻人的自信和活力扑面而来，这也让李东对他们设计出性能更强的新一代运载火箭充满信心。

65 载励精图治，北京宇航系统工程研究所走出了一条独具特色的研制之路，书写了飞天圆梦的恢宏篇章。李东有幸参与其中并见证，他写下这首词，庆祝北京宇航系统工程研究所 65 岁生日，也祝福研究所的员工能用自己研制的火箭，再绘建设航天强国的新宏图。

（尚驰）

水调歌头·夜雨

孙善秀

夜雨如鼓擂，水精泻天门。
玉皇十万愤怒，兵戈与雷震。
自扪平生坦荡，未尝有负众人，闻此亦惊魂。
门窗紧闭些，薄衾覆满身。

四下暗，睡难沉，自有恨。
奔赴海岛，千里辗转为航天。
发射箭在弦上，青丝已染霜痕，成功欲再稳。
神箭划苍穹，当惊世界殊。

长七7年开花结果

2016年6月25日一早，我国新一代中型运载火箭长征七号（简称“长七”）首飞箭已在发射塔架昂首挺立。液氧加注后的火箭冒着团团白雾，天空零星飘着小雨，发射场紧张气氛越来越浓，各项工作却井然有序。

长七火箭是我国载人航天工程为发射货运飞船而全新研制的一型火箭，采用液氧煤油发动机等新技术，是绿色、无毒、无污染的新一代中型运载火箭，将有效提升我国进出空间的能力。这次发射是中国载人航天工程空间实验室任务的开局之战，意义重大。长七火箭研制团队的每一个人都为之倾注了太多心血，大家都对它充满了期待与祝福。

等待着、等待着，终于等到晚上8点，伴随着轰隆声响彻四野，一道耀眼的白光划破夜空，长七火箭首飞圆满成功。那一刻，指控大厅沸腾了，欢呼声、掌声此起彼伏，回想起型号研制过程中的酸甜苦辣，很多人流下了喜悦的泪水。

那一夜注定是一个不眠夜。当时还是火箭院北京宇航系统工程研究所增压输送系统设计师的孙善秀躺在床上，辗转反侧，火箭研制过程中的点点滴滴像放电影一样在脑海中闪过。作为一名普通的设计师，孙善秀从2009年入职开始，就与长七火箭携手共成长，从二维出图到产品全三维下厂，从产品跟产到试验验证，从管路系统设计到分系统设计，从基础级火箭到上面级，从发射场合练到首飞成功，有过刚入职的迷茫，有过恶补知识的挑灯夜读，有过与同事唇枪舌剑的理论争辩，有过三维下厂的大会战……但当看见长七火箭顺利升空时，孙善秀觉得所有的工作都意义非凡，所有的付出都是值得的。他坚信，山再高，往上攀，总能登顶；路再长，走下去，定能到达。

发射成功第二天，孙善秀即将离开奋战了 49 天的发射场。这天他起了个大早，迎着朝阳，吹着晨风，奔向海滩。当再次站在海滩凝望大海与塔架时，孙善秀心潮澎湃，写下了此诗，激励自己勿怕艰难险阻，勇于克服奋斗路上的困难，以敢闯敢干的勇气、开拓进取的精神，恒久的坚持、踏实的付出，迎接下一次成功。

（阎琳琳）

临江仙·记征途

冯韶伟

千里南洋水澄澈，
巨棹怒潮鸣瑟。
紫贝新郭起龙阁。
琼枝对宫娥，
风卷松花落。

骁勇一诺重山河，
华发十载无锁。
流光惊鸿挂天国。
旌旗拥高歌，
颜红玉珠坠。

为了成功，所有艰辛求索都值得

“5、4、3、2、1，点火！”2016 年 11 月 3 日 20 时 43 分，伴随着响亮而坚定的“点火”口令，烈焰飞腾，长征五号运载火箭呼啸而起，巨大的尾焰，在海天中间划出一道绚丽的轨迹。“成功了！”发射场指控大厅沸腾了！激动的人群中，响起此起彼伏的欢呼声、鼓掌声，还有很多人流下了激动的眼泪，回想起为火箭成功首飞而历尽的艰辛求索，在那一刻，大家觉得都值了。

2016 年是长征五号运载火箭正式批复立项的第 10 个年头。长征五号运载火箭是一型全新的火箭，90% 以上采取了新设计、新技术，它的成功首飞凝聚着团队成员无数次的设计论证、仿真分析和地面试验。作为团队的一员，时任火箭院北京宇航系统工程研究所 11 室设计人员的冯韶伟深深体会到这 10 年的不易。

2012 年，型号研制迎来了助推器分离试验，这是团队面临的第一个大型地面试验，无论是试验的规模还是难度都很有挑战性。这个试验前后酝酿长达半年之久，仅试验方案讨论和风险辨识等全系统参加的会议就有数十次。团队成员更是披星戴月，不知经历了多少个不眠之夜。正是这一次次的反复推敲、精心策划，才换来了分离点火那完美的瞬间。

付出终将得到回报，在漫长的型号研制中，团队成员一步一个脚印，攻破了一个个技术难题，让长征五号运载火箭顺利首飞，这大大提高了我国航天发射运载能力，为实现我国探月工程三步走的“回”提供关键支撑。

除了火箭设计人员，冯韶伟还想到了发射场的建设人员，是他们10年的坚守与奋斗，把一个不知名的小渔村建设成了具备低纬度发射火箭能力的发射场。

准备年、奠基年、开工年、攻坚年、竣工年、合练年、首飞年……这不仅是一个一个标识，记录着发射场从无到有、从小到大的发展轨迹，更是一步又一步坚实的“脚印”，勾勒出中国航天新长征的壮美历程。

航天事业是“万人扛一杆枪”。长征五号运载火箭首飞成功后，冯韶伟抑制不住心中的喜悦与感慨，写下了这首诗，激励自己，也激励所有奋斗的航天人。

（阎琳琳）

浪淘沙·嫦娥奔月

张涛

风起现雄山。繁星满天。
菠萝坳里起神箭。
划破长空叩苍穹，预向何边？

往事越千年。嫦娥飞天。
千古神话多诗篇。
栉风沐雨六十载，今朝梦圆。

"一波三折"赢取成功

2018年12月8日，长征三号乙运载火箭成功将嫦娥四号月球探测器送入预定轨道，人类历史上首次实现了航天器在月球背面软着陆和巡视勘察，并实现了在月球背面同地球的中继通信。在这个激动人心的日子里，火箭院长征三号甲系列运载火箭结构总体副主任设计师张涛心潮澎湃，成功在经历过为之奋斗的人看来，总是弥足珍贵。

嫦娥四号任务与常规任务相比更加复杂，仅整流罩就多出更多的透波口和操作口，结构设计师的工作难度大幅增加。如何在保证整流罩刚度和承载力的同时精准开口，成了困扰设计师的难题。

张涛说，传统的二维设计方式已经不能满足要求。为此，张涛和同事们夜以继日，专门开发了一种运载火箭整流罩有效载荷开口位置三维设计技术，在确保整流罩结构强度的同时，能够快速、准确地给出有效载荷所需的开口位置，保护嫦娥四号探测器一路安全。

好事多磨。在火箭出厂之前，另一个型号产品在星箭分离地面试验过程中出现了问题，因为火箭的设计通常都有借鉴和通用，怎样确保发射嫦娥四号月球探测器的火箭没有类似问题，成为设计师们关注的焦点。

为保证嫦娥四号任务研制进度，要快速剥离问题，举一反三，经过高强度的数据分析、论证试验，张涛和同事们记不清熬了多少夜、加了多少班，终于拿出了嫦娥四号任务可以与该问题剥离的翔实数据，保证了任务进度。

在星箭联合操作过程中，探测器携带的核燃料电池虽然在安全健康允许范围内，但见过关于核辐射报道的很多人心里仍担忧这种燃料对身体有影响，对这项操作也很紧张。为此，张涛积极协调参试各方，明确任务分工及状态，提出了减少人员接触核源时间的操作方案，使人均接触核源时间降低了 8 小时。

同时，张涛以身作则，用实际行动消除大家的顾虑和担心。他与操作人员一起，近身确认每一项产品状态，确保所有操作准确无误。他说："内心没有担心和害怕，有的只是坚决完成任务的决心，我们对航天产品有信心。"

发射时间临近了，张涛是最后撤离的人员之一，他站在最高的塔架上，轻轻地抚摸整流罩，心里对着火箭说："好好飞，你一定能成功。"走下塔架、撤离到安全区域，火箭起飞的轰鸣声响起。不一会儿，星箭分离、火箭发射成功的消息传来，张涛心中感慨万千，将积压在心底许久的情感诉诸笔端，写下了这首词。

（张娟娟）

十六字令三首·长五B首飞

袁振

箭，直指苍穹一冲天。
惊回首，南海起风烟。

箭，大军征战百日间。
扭乾坤，追梦问云端。

箭，旌旗长扬未敢闲。
战犹酣，征战永高远。

追梦问云巅

椰风拂碧海，巨箭冲九霄。2020年5月5日，乘着中国文昌航天发射场的阵阵椰风，长征五号B运载火箭（简称“长五B火箭”）首飞任务圆满成功的消息传向四面八方。在火箭院同步收看直播的袁振看着碧海蓝天映着飞天巨箭的画面，无比激动，为火箭和它背后的研制团队骄傲。

2020年的春天，神州大地被新冠疫情的阴霾所笼罩。2020年3月-4月间，长征系列运载火箭两次发射失利。中国航天和长征火箭亟需一场胜利重拾信心，为全中国的抗疫注入一针“强心剂”。

长五B火箭首飞成功，对于火箭院来说，是一扫之前接连两次发射任务失利的阴霾、振奋人心又酣畅淋漓的一次成功。而这次成功所承载的关注和意义远不止于此，还意味着空间站阶段飞行任务首战告捷，拉开了我国载人航天工程“第三步”任务序幕。

长征五号运载火箭从立项、成功首飞，到成功复飞，再到长五B火箭成功首飞，长征五号系列运载火箭研制团队一路走得并不平顺，翻过240多项技术高峰造“巨箭”，又在“黑暗”中经历了908天归零，才迎来凤凰涅槃。作为近年来策划并参与航天任务宣传的袁振来说，他见证了火箭研制团队太多无怨无悔的付出与坚定不移的奔赴，这些都是他们对长征五号系列运载火箭无言的爱。

2020年年初，新冠疫情刚刚爆发。一边是传染性极强的新型病毒，一边是早已确定发射窗口的空间站阶段飞行任务，长五B火箭研制团队没有丝毫犹豫，在1月底毅然决然地选择了“最美逆行”，出征发射场。春节期间，所有队员进驻任务第一线。远程化会诊、全系统协同、精简人员规模、优化测试流程……在疫情导致进场人员减少的情况下，团队既保证了队员的身体健康，也让各项工作顺利开展起来。

隆冬出征，在发射场度过一整个春季的长五B火箭研制团队，终于在5月5日立夏节气这天，用“巨箭”问鼎云巅，摘下属于自己的成功桂冠。

由于疫情影响，袁振这次没能到发射场现场组织协调新闻报道工作。他回想起以前在发射场遇到长征五号系列运载火箭总设计师李东时，李东总师经常会指着火箭说：“你看，我们长五火箭美不美！”美啊！这样一型凝结着火箭人心血、历经艰辛研制而成的巨箭怎会不美呢?

夺得长五B火箭首飞任务成功后，长征五号系列运载火箭在2020年还有探月和落火两次重大发射任务。短暂喜悦过后，研制团队又踏上新的征程，从一个成功走向另一个成功，他们意气风发、信心满满。

（尚驰）

江城子·贺长七A遥二火箭发射成功

宋张弛

巍巍神箭升龙楼①，群星隐，云雾收。
流光飞起，雷鸣惊鸟兽。
宇宙广阔好展翅，追日月，畅遨游。

航天事业需强手，破难题，志千秋。
几多才俊，年华付奔走。
又几多埋身书架，捐黑发，换白头。

①龙楼，指龙楼镇，隶属于海南省文昌市，中国文昌航天发射场所在地。

361天的凤凰涅槃

人生总会有那么一段经历，让人刻骨铭心。于火箭院北京航天自动控制研究所5室工程组副组长宋张弛而言，参与长征七号A运载火箭（以下简称“长七A火箭”）发射任务，宛如一道星光，每当回忆起来，总是闪耀着一股催人奋进的能量。特别是从长七A遥一火箭的失利到长七A遥二火箭的成功，361天的凤凰涅槃，是历练，更是成长。

在步入航天事业的大门仅半年之时，宋张弛便开始接手长七A火箭的仿真试验任务。因而，他对这型火箭有着极其特殊的感情，自然也投入了相当多的心血，很多时候，他都会为了攻克一道难题忙碌到深夜。一型箭，饱含着他对航天事业的一腔热爱，也历练着他的技术水平，越磨砺，越有收获。

然而，科研的道路并非一帆风顺。就在宋张弛满怀激情与信心投入火箭发射任务时，长七A遥一火箭失利的消息传来！对此，他和所有发射队成员一样，伤心、难过。

“认识新问题，并解决它，这是航天人的必修课。”型号队伍第一时间统筹安排，调整状态投入新的战斗。宋张弛也更加忙碌了。随后的1年，他立足本岗，针对长七A遥一火箭出现的问题及可能发生的意外状况，做了大量的补充试验验证。实现复飞成功的信念鼓舞着他时刻不放松，他比之前更努力了，付出得更多，准备得更细致、更充分。

时光荏苒，火箭复飞的日子很快来临了。2021 年 3 月，宋张弛跟随长七 A 火箭发射队伍来到了中国文昌航天发射场。经过万全的准备，长七 A 遥二火箭腾空而起，在天空中划出一道完美的曲线。“成功了！”伴随着现场的一阵阵欢呼，宋张弛也激动万分。在发射大厅，他看到火箭飞行遥测数据和仿真试验结果高度一致，自己曾经在实验室的无数次努力总算结出了硕果。

磨砺始得玉成。回首备战复飞的 361 天，宋张弛感慨万千。从一名新员工到“老员工”，身边每一个兢兢业业的航天人感动着他。欢呼雀跃的发射队员中间，有青年、有中年，还有白发苍苍的老者，他们都是最了不起的航天人。这一刻，宋张弛仿佛又看到了大家深夜组团讨论的场景，严谨、认真，毫无怨言……发射成功的当晚，回到宿舍的宋张弛按捺不住内心的激动，提笔写下了这首《江城子》，致敬过往，庆祝成功，追梦未来。

（刘莎莎）

一片冰心在长五

刘俊琴

懵懂青年献航天，笃学科技日渐谙；
室内欢呼通总线，数字伺服屡闯关。
长五立项要可靠，冗余控制重任挑；
软硬兼施齐上阵，再三雕琢精品造。
窗帘紧闭阳台间，小儿睡熟审接线；
抱龙峪中升白雾，云岗山上喷红焰。
十年儿伴磨利箭，首飞在即心难安；
胖五远行情依恋，云龙湾畔入青天。
遥二①中途无讯音，夜深人静人难眠；
立穿衣裳待召唤，强忍心痛泪无言。
失利之后九百天，队伍顶压紧钻研；
技术难题终攻克，喜迎胖五再问天。
遥三复飞责任重，细心操作稳中行；
阶段胜利忙回京，心盼胖五定成功。
那日胖五展容颜，未能陪伴心被牵；
见无消息忙追问，得知正常心甚欢。
听闻胖五箭在弦，不远千里来相送；
世界瞩目复飞梦，不负众望当日圆。
转瞬毕业二十载，始终如一爱航天；
亲朋好友如相问，情倾胖五永无憾！

①遥二，指长征五号遥二运载火箭，2017年7月2日，长征五号遥二运载火箭飞行出现异常，发射任务失利。

一飞重千钧 “正常”抵万金

2022年10月31日下午，长征五号（简称“长五”）B遥四运载火箭发射成功，顺利运送中国空间站第3个舱段——梦天实验舱飞天。消息传来的那一刻，后方会场大厅里的火箭人沸腾了，火箭院北京精密机电控制设备研究所电子产品事业部副主任刘俊琴激动得热泪盈眶。“长五火箭就像我的孩子一样，我看着它孕育成长，创造出一个个傲人的成绩。”

与长五火箭结缘20年，刘俊琴惟恐错过长五火箭向前迈出的每一步。2002年8月硕士毕业参加工作以来，她一直从事长五火箭三冗余数字伺服控制器的研制任务，从方案、模样、初样、试样全阶段参与，从未缺席。从长五火箭预研到试样阶段，研发人员进行了大量的伺服系统与发动机的联合热试车试验。每次参与试验，坐在测控大厅的刘俊琴都非常紧张，她顾不上欣赏火焰喷射时的壮观景象，双眼紧紧盯着计算机屏幕上的每一条曲线，直至试车圆满结束，才敢松一口气。多年来，长五火箭的每一步成长，刘俊琴都是见证人，也是参与者。

2019年12月27日，长五遥三火箭的飞行任务受到全世界的瞩目。刘俊琴对当时的情形记忆犹新，顺利完成伺服单元测试后，她虽然人回到了北京，心却留在了发射场，无时无刻不在关注长五遥三火箭发射任务的一举一动，默默祈祷发射成功。

火箭转场那天，刘俊琴迟迟未收到来自发射场的任何消息，内心倍感煎熬的她惴惴不安地追问在现场的同事，直到收到前方发来的“正常”二字，悬着的一颗心才放了下来。

随着长五遥三火箭发射日子的临近，就像母亲极度思念远方的儿女一样，刘俊琴无法抑制“想再看一眼火箭”的心情，便千里迢迢返回中国文昌航天发射场，亲眼见证了“胖五”复飞圆满成功的历史性时刻。

想起与长五火箭一起成长的点点滴滴，她把 20 年来自己与长五火箭的缘分写进诗中，把她对长五火箭的深爱与浓情揉进字里行间。刘俊琴说:“‘正常’是航天人最想听到的两个字，胜过其他所有华丽的辞藻。希望长五火箭接下来的所有发射任务都一切顺利，‘正常’履行使命。”

（李盈盈）

水调歌头 · 长天万里路

王洪丽

长天万里路，引我上高楼。
楼高不解心事，云影在上头。
我唤黄鹤归否，黄鹤缥缈难返，此恨空悠悠。
徘徊亦往复，不觉月如钩。

梦不休，参北斗，驾飞舟。
人间天上，从此天河是旧游。
昨夜晓梦婵娟，今朝揽月九天，挥洒写春秋。
江山多奇志，星河万古流。

望北斗

2022年12月29日，长征三号乙运载火箭成功发射，随着这次发射任务成功，火箭院2022年宇航发射任务全战全胜，实现“满堂红”。成功的消息传来，让火箭院北京航天发射技术研究所所属北京长征天民高科技有限公司党总支副书记王洪丽想起那段与长征三号甲系列运载火箭（简称“长三甲系列火箭”）研制团队一起奋斗的时光，他们用全胜的战绩完成了北斗导航卫星组网任务，王洪丽觉得这是她人生中一段闪光的经历。

2022年以前，王洪丽在北京航天发射技术研究所长三甲系列火箭项目组工作了12年，经历了火箭一年比一年“忙”的高密度发射。北斗导航卫星是全球唯一由3种轨道卫星构成的导航系统，对执行其发射任务的火箭要求非常高。长三甲系列火箭适应能力强、服务轨道面多，是北斗导航卫星“专列”的不二之选。44次发射任务，100%成功，长三甲系列火箭研制团队通过对技术创新和火箭可靠性的不懈追求，书写下属于他们的壮志与荣光。

“累并快乐着。”回想起和长三甲系列火箭研制团队一起奋斗的时光，王洪丽很是怀念那段虽然忙碌但收获颇多的日子。作为现场调度，王洪丽在发射场奔波协调是常事。

火箭发射密度越来越高，她最多一年出差了200多天，也一路见证着团队成员保成功的决心和行动。不放过一丝疑点的精益求精、对火箭性能的极致追求，他们用接连不断的成功完成了北斗导航卫星组网的壮举。

2022年是北斗导航卫星组网成功两周年，中国卫星导航系统管理办公室面向参加过北斗导航卫星组网任务的人员征集诗词，并出版了《礼赞北斗诗集》，王洪丽的这首词被收录其中。纵星河辽远，还有火箭架起探索宇宙的天梯，“梦不休，参北斗，驾飞舟”，北斗导航卫星组网任务已完成，追梦攀登之路永不休。

虽然现在已经调到其他的岗位，但王洪丽仍然会时不时在夜晚抬头望一眼高悬在夜空中的北斗七星，就像看到了在太空中安静工作的北斗导航卫星。和长三甲系列火箭研制团队一起奋斗的日子成为王洪丽不断前进的动力，“自主创新、开放融合、万众一心、追求卓越”的新时代北斗精神将继续指引她前行。

（尚驰）

满江红·寄语阎良

刘波

月落无痕，空寂寞、泪洒长安。
亮倚天、披荆斩棘，苦亦何堪。
烈士断臂成大义，英雄望岳苦登攀。
忠与孝、归途路漫漫，两难全。

清风夜，思鲜眠。
银辉逝，把剑起。
独上高楼台，阅尽秦川。
秦皇汉武驰骋去，苍龙鸿鹄扶摇酣。
负青锋、策马起尘烟，度关山。

披荆斩棘方得硕果

那年6月17日，火箭院一支试验队的技术负责人刘波等负责的新型飞行器终于站在了起飞点上，蓄势待发。刘波下意识地抬头望了望天，厚厚的云压下来让他想到了“山雨欲来风满楼”。但气象站仍没有发布禁止飞行的公告，大家放心地投入飞行前的准备工作。

上电、数据上传比对、软件比对确认……不久，流程控制盒的状态指示灯开始闪烁。大家的速度明显加快，准备盖上设备舱的盖子。盖子不容易合上，刘波几人直接用手去拍，才几下，他就感到了一丝丝疼，翻过手掌一看，手掌面已拍得红红的。盖子合上后，还要用长长的一字改锥拧上螺钉，拧一下，传来一声清脆的“咔吧”响，螺钉就装好了。

前期准备一切就绪，发动机启动，可飞行器将走未走之时，有工作人员突然朝刘波挥手，刘波心里“咯噔”一下，来不及多想就飞奔过去，原来是流程控制盒的指示灯熄了。正常情况下，这个指示灯应该是亮起的。

不带问题上天，这是航天人的一项原则。刘波决定重新将盖子打开检查。认真细致地检查后，他发现并没有异常之处。正计划继续，一场急雨落了下来，转眼间，面前的一切都变得模糊，任务只能喊停。

第二天，接到发动机开车试验的通知，刘波等要查验问题出在何处。接连两天，大家都在查找问题，但结果显示试验正常。又过了一天，开车试验还在继续，故障被“揪”了出来，大家决定多开几次慢车，对问题进行深入分析。3次慢车后，症结找到：电瓶未能发挥应有的作用。

问题找到后，刘波带领大家对设备进行改进。在改进的间隙中，刘波和队伍继续进行模飞测试，到了晚上似乎一切正常。正在休息的刘波突然被一阵急促的敲门声扰乱了心绪：“判断数据有问题，数据异常。”

刘波望了望窗外，天空正在淅淅沥沥地下雨。他拨通了相关人员的电话，商量第二天早上何时进场查找问题。刘波这一刻想到了什么叫作“看天行事”，雨早点停，他们的工作就能早点进行。半夜，刘波难以入睡，一会儿就爬起来看一下雨是否停了，来来回回直到凌晨3点终于迷迷糊糊睡着了。早晨，雨停了，刘波赶紧进场，几番测试后发现了问题所在。刚解决完，“一波未平一波又起”，大家发现还有一个环节时好时坏，又是几次修复测试。时间一点点过去，终于等到测试正常，开始进场。

传回的数据显示飞行基本正常，但仍有部分待完善。再次更改后再次飞行。终于，结果显示：所有数据正常。看到这，刘波不由自主地松了一口气。

经历过，才知成功背后的艰难、艰辛。感慨之下，刘波写下这首词，记录披荆斩棘的每一个人，为自己、为团队的奋斗而骄傲。

（王莹）

执着

孔繁杰

沧桑有几多，
风雨有几多，
天南海北的航天人，
总是这样执着。
只要祖国需要，
就是霜染黑发，
脸上爬满皱纹，
也甜在心窝。
风大爬山坡，
水凉趟大河，
再难走的路，
总是这样走过。
你是跋涉者，
你是攀登者，
人生匆匆，
不能白活。
默默无闻地奉献，
勇敢地去开拓，
乌云背后是蓝天，
拨云见日奏凯歌。

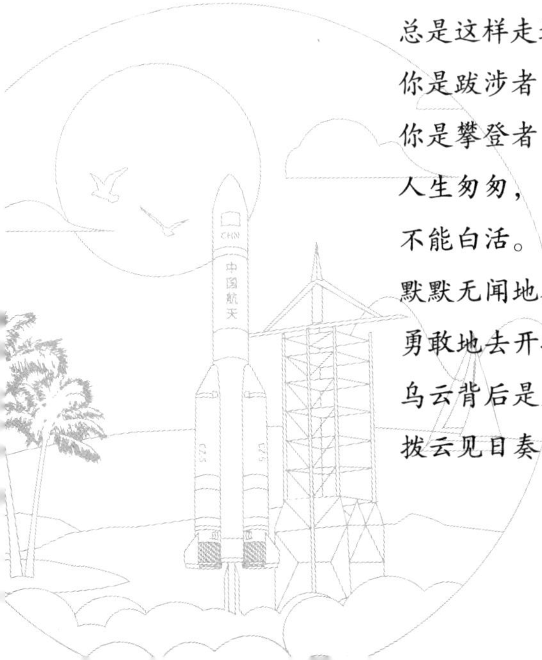

向着成功百折不挠

10 多年前的一天，在火箭院一个重点型号产品试验室里，产品舱段在进行静力试验，一个已经怀孕 9 个月的孕妇跪在地上，俯下身子仔细观察产品状态，那专注程度似乎忘了自己还是个孕妇，已经到了孕晚期必须要好好休息。

按照医生的嘱咐，再有一周她就到预产期了，拖着这么沉重的身子做试验，同事们都不放心，纷纷跟她商量由自己顶替，让她好好休息，但都被拒绝了。她也确实有些力不从心，但这个舱段就像她的另一个宝宝，她必须看着它稳妥地交给下游工序。腹中的宝宝已足月，她感觉呼吸都有些费力气，每过一会儿，就要直起身子深吸几口气，才能继续俯身观察产品。

她就是火箭院北京宇航系统工程研究所这个型号产品的设计师孔繁杰，从产品立项到做这项出厂前检测试验，她已经为这个型号产品付出了近 10 年的青春。这个型号产品是我国重点工程，系统庞大、技术难度大，没有经验可借鉴，但却是我国国防建设不可或缺的“一员”。

然而让大家心痛的是，第一次发射试验没有想象中顺利。近 10 年的潜心研制怎能付之东流，包括孔繁杰在内的型号队伍所有人，没有给自己时间难过和气馁，他们坚定地从零开始，进行了新一轮的研制。

又过了几年，全新设计的这一型号产品迎来“大考”，在现场的孔繁杰紧张到不敢呼吸，不一会儿，欢呼声传来，泪花不禁在孔繁杰眼里打转转。

再经过几次验证，型号产品如果发射都成功就可以圆满完成任务了，仿佛看到了胜利的曙光，大家都给自己打气，回去要更拼命，争取在接下来的发射试验中取得更好的成绩！

让人预料不到的是，第二次考试又受挫了。接下来的研制试验也并不顺利，十几年的艰辛，几经周折，很多人那股不服输的劲头都快绷不住了，心灰意冷地瘫坐在座位上。在这个队伍中，很多人都是从学校毕业后就投入了这个型号产品的研制，10 多年过去了，他们兢兢业业浇灌的成果，却一次次以失败告终，成功似乎遥不可及……

就在这个时候，孔繁杰强忍心中悲痛，写下了这首诗，她呼唤那些霜染黑发的同事、那些皱纹爬上脸颊的战友、那些爬坡过坎的兄弟姐妹，鼓励大家“勇敢地去开拓，乌云背后是蓝天，拨云见日奏凯歌”。坚定前行，成功终将到来。如今，这个型号产品已成功了，孔繁杰心愿达成！

（张娟娟）

凯歌行

张发

一声巨响入云霄，半道霞光出东方。
雪中胡地尽辽阔，腊日捷报皆开颜。
五载沉潜攻坚关，一朝终成还誓言。
赤诚丹心仍未改，浩瀚征途再登攀。

数载砺剑　壮志未改

寒风呼啸，白雪皑皑，在茫茫夜色的笼罩下，辽阔的雪原显得格外清冷，突然一道火光腾空而起，划破天际，直入云霄……

几分钟后，前方落区传来消息："试验成功了！"呐喊声在广袤的土地上从远处传来，来自各个单位焦急等待着的外场试验队员无不欢呼雀跃，热泪盈眶，相互拥抱共享这份喜悦。

"我们已经经历不起失败了，这一次试验必须确保成功！"刚接手这个任务时，型号总师就在会议上立下了这样的"军令状"，试验队员们感受到了巨大压力，但也激发了他们强烈的求胜斗志。原来，这个型号立项以来，经历过连续的飞行失利，此次飞行试验已到了背水一战的境地。然而，对于新型号产品来说，方案设计和仿真试验过程从来都不是一帆风顺的：前期由于关键部件模型建立不准确，方案和测试经过了一轮又一轮的迭代；外协厂家测试达不到需要的精准度，导致其产品特性不能满足要求。火箭院北京航天自动控制研究所系统仿真技术研究室的仿真系统技术员张发和其他仿真人员前往外地实验室连夜测试。深夜一两点实验室里灯火通明，伴着产品高速转动的声音，大家忙得热火朝天……问题一个接着一个，压力巨大，困难重重，但所有队员都坚信：困难只是暂时的。几百个日夜，型号研制队伍克服了一个又一个难题，翻过了一座又一座高山，历经反复测试和验证，终于迎来了发射的日子。

发射日，凌晨3点，试验队员动身前往发射基地，大家克服倦意、无惧严寒，踏着厚厚的积雪，迎着刺骨的寒风，坚守在自己的岗位上，每个人都有条不紊地开展射前准备和测试工作。凛冽的寒风吹过，地上的寒气透过鞋底侵入身体，很多人冻得打起寒颤，但再恶劣的环境也不能撼动大家确保成功的决心和信心。

回味着成功，返程途中，张发透过车窗看到雪原辽阔，远处天地交会之处一轮火红的太阳从地平面升起，霞光染红九天丹，给人以希望。胜利的呐喊依旧在他耳旁萦绕，同事们的笑容也不停地在他眼前浮现，欣喜激动的心久久不能平静。数载磨利剑，艰苦攻关，敢于攀登，奏响凯歌。此情此景，张发内心感慨万千，写下这首诗，表达航天报国的志向和勇攀高峰的决心。

（撒文昭）

敬你　兄弟

刘杰平

氧加脱落的瞬间
忽然觉得
你就像一个剪断脐带的新生儿
十余年不懈努力和奋勇前行的团队
就像怀胎十月的母亲
在尽一切可能
希望你更健康快乐
更阳光帅气
对自己的国家更有用处

看你蓄势待发跃跃欲试
我信心满满又难免紧张
看你英姿勃发一飞冲天
伴随一声声的“正常”“正常”
划出那条优美的曲线
又带点小傲娇的神态
不慌不忙稳稳落地
掌声雷动阵阵欢呼声中
我泪目了

很多时候
我觉得你就是前世仇人
处处刁难设障
让我筋疲力尽还饱受质疑
也有时候
把你当成我的今生贵人
从来没有随随便便的成功
不经历风雨哪能看到彩虹
而现在
我更愿意把你当成兄弟
共患难同进退
苟富贵毋相忘

敬你　兄弟
都在酒里
更在心里
敬你我　敬团队
敬过往　敬未来

做好“先行官”

火箭院2022年载人航天空间站任务发射队出征，长征十一号运载火箭创造12连胜纪录……看到这些激动人心的消息，火箭院空天安全总体技术部设计人员刘杰平在感到骄傲的同时，不禁回想起2021年自己参与的一型飞行器项目首飞取得圆满成功时的情景，回想起为项目研制奋斗10年中的点点滴滴。

10年前，这个飞行器研制项目刚刚启动，刘杰平也刚进入火箭院工作。作为气动设计主管，刘杰平主要负责飞行器的气动特性设计，为控制系统提供准确可信的气动数据。一入职就在这样一个重要项目中承担重任，他感到既荣幸又忐忑，荣幸的是得到组织对自己的信任，能参与到这么重要又全新的项目研制中，忐忑的是担心自己的能力能否承担起这个重任。

气动专业被称为飞行器总体设计的“先行官”，“牵一发而动全身”。这个飞行器的气动数据状态不仅数量非常大，而且存在不少新问题需要设计人员去认识和解决。10年间，刘杰平坚守岗位，咬定做好项目的目标不松懈，边干边学，解决了一个个气动问题，推进飞行器一步步研制成型。

这个飞行器主发动机喷流与相邻部件干扰大，刘杰平从流场机理出发，创新提出改进方案，为项目提供了有益参考，并获得了授权专利；飞行器主发动机喷流试验在国内首次进行，他合理规划试验，遇难克难，最终发现重要规律，确保了项目首飞圆满成功；他还精准结合项目需求，提炼科学问题，组织申报团队，在项目两总及火箭院专家的大力支持下，成功申请到了火箭院在这一领域首个牵头的国家自然科学基金重点项目，为火箭院进一步拓展领域作出贡献。

十年磨砺奋进，十年铸就成功。当听到耳边传来一声声“正常”，当从测控大厅屏幕上亲眼看到整个飞行过程圆满完成的那一刻，刘杰平的眼眶湿润了。返京途中，他将心中的百感交集、将10年的奋斗拼搏凝聚成这首《敬你　兄弟》。在刘杰平看来，10年踔厉奋发、10年坚持不懈，带来的不仅仅是产品的从无到有，更是在工作中一步步成长，变得更专业的自己。《敬你　兄弟》庆祝项目的圆满成功，也致敬共同研制项目的团队成员们，致敬每一位为成功而敢于攀登的航天人。

（王冰）

新征程再启航

闫月晖　刘晓

红船举帆未能忘，
领导人民齐飞桨。
英明决策共产党，
为国为民铸脊梁。

航天员工齐努力，
攻坚克难旗飘扬。
两点一线保成功，
聚焦科研创辉煌。

建党伟业过百年，
新的征程再启航。
六五壮年火箭院，
刺破寰宇耀荣光。

吾辈自当奋图强，
刻苦钻研勇担当。
星空漫步三万里，
会挽雕弓射天狼。

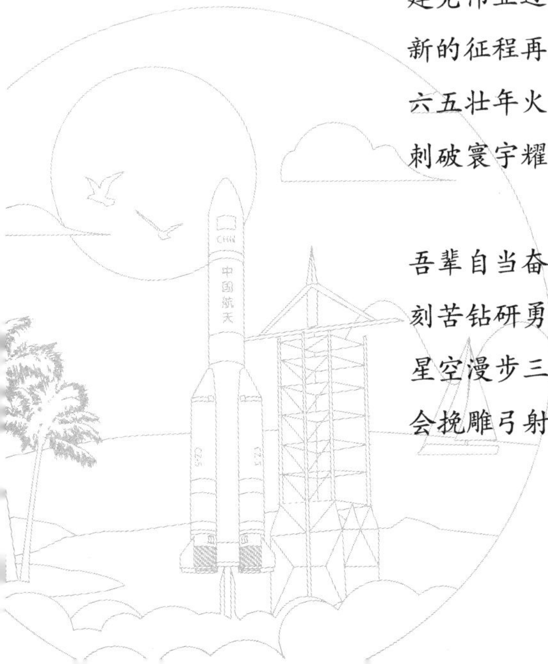

责任与荣耀同行

65 载风雨路，积淀的是浓浓航天情，闪烁的是真挚赤子心。身为航天人，火箭院北京航天长征飞行器研究所系统研发部的员工心存自豪。他们携手并肩，聚力扛起责任大旗，奔跑在航天强国建设的征程上。

看着手中的 MBSE 国际认证初级证书，系统研发部研究员闫月晖心生喜悦。前不久，因新冠疫情而居家办公期间，他忙里偷闲参加了 MBSE 技术线上培训，又掌握了一项新技术。这段时间，在自我加压学习的同时，闫月晖还组织外协单位开展视频技术交流与协调，一个研究课题的多项关键技术获得突破性进展。

同为居家办公的成员，系统研发部青年员工刘晓也针对一个项目开展了大量的文献调研与需求分析，为后续技术方案设计的顺利开展打下基础。同时，她还积极参加了所团委“鸣人堂”线上前沿学术交流，不断沉淀自我、提升自我。

系统研发部是北京航天长征飞行器研究所预研创新的排头兵。与闫月晖和刘晓一样，新冠疫情阻挡不住大家前进的步伐。封闭管理期间，员工薛普、胡建、徐世杰、张明星等如“孤勇者”一样，逆向而行，坚守一线。特别是北京市丰台区提级管控，要求“非必要不出区”，他们收拾好生活用品住进火箭院科研区，积极推进课题研究和方案论证，保证了竞标项目的顺利开展。总体组组长薛普家中的二宝尚未满月，他心中装着满满的牵挂和家人的一句“放心”，坚持到岗，以实际行动诠释航天人的担当。疫情是磨难，也是试金石。系统研发部合理统筹，内外联动，精准施策，以最高效的人员配置方案保障防疫和科研生产两不误。

作为一名共产党员，闫月晖已经在岗位上奋斗了 25 个春夏秋冬。他深切地感受到航天与国家命运更加紧密地联系在一起，感受到航天事业突飞猛进的发展，感受到艰难时刻党旗在科研生产一线高高飘扬，也见证了身边党员同志的努力拼搏。

2022 年是中国共产党成立 101 周年，又恰逢火箭院建院 65 周年。闫月晖和新员工分享着自己的感悟，并一起满怀激情地写下了《新征程再启航》这首诗，激励自己和同事们站在新征程新起点上，带着过往的荣耀，继续立足岗位书写华章。

（刘莎莎）

勇走新征程

和枫

百年光阴须臾迁，
追思先贤，传世不朽，
大漠风沙里，成壮美诗篇。
静默无人处，守万里河山，
铸国重器，东风亮剑，
定人间清朗一片。
逐梦星河，绘天上宫阙勾阑，
雄心壮志，蜡炬始干，星星薪火传。
我今日航天青年，
无问西东，奋勇向前，
风起华夏，五洲历尽敢当先。
舟行霄汉，寰宇求索挂远帆，
此盛世，风光当无限。

不负韶华勇追梦

“你在一个清朗的夏夜，望着繁密的闪闪群星，有一种可望而不可及的失望吧！我们真的如此可怜吗？不，决不！我们必须征服宇宙！”写出这段话时，钱学森年仅24岁。作为中国航天事业的奠基人，钱学森从青年时期开始立志航天报国，穷尽自己的一生，把智慧锻造成阶梯，留给中国航天事业后来的攀登者。

2022年是中国共产主义青年团成立100周年，在这年的五四青年节，火箭院北京宇航系统工程研究所10室团支部委员和枫与同事们为了让青年节过得更有意义，收集整理了钱学森等航天前辈在青年时期的语录。过程中，他们从字里行间追寻、感受着前辈们从零开始建设航天事业的不易、就算万难也要保成功的坚定。

面对型号产品一闪而过的异常信号，“两弹一星”元勋黄纬禄说：“一定要抓住这个‘偶然’不放，查它个水落石出！”这是前辈不放过任何疑点，确保产品质量的细致。“我希望搞航天的年轻人更要有自主创新理念，要掌握核心技术的话语权。”这是“两弹一星”元勋孙家栋对年轻人的殷切希望。“宇宙是无边无际的，探索宇宙的活动也是没有尽期的。现在人类只是迈了一小步，更壮丽的事业还在前头。”这是首任中国载人航天工程总设计师王永志对于探索浩瀚宇宙的不懈追求……

收集前辈语录的过程，也是一个学习的过程。和枫负责的型号产品就是在之前型号产品的基础上改进的，继承前人的设计思路、秉持着航天人始终不变的信念，和枫与同事们为这个型号产品首飞任务奔波忙碌着，他们必定会不负荣光。

明白前人的不易，清楚自己肩负的重任，自知是站在巨人肩膀上的和枫写下这首词。青春美好，和枫为能将自己的青春力量献给祖国的航天事业感到无比骄傲。建设航天强国的接力棒已经握在手中，为了不辜负前辈的付出和期望，千千万万像和枫一样的航天青年们为中国航天不断向前迈进正努力奔跑着。

不负青春韶华，追逐航天强国梦想，这是当代航天人的使命，也是每一代航天人不变的责任。

（尚驰）

大力协同

力量生于团结，强大源于团结，火箭人深谙团结的意义。一只雁只有飞入雁阵，才能成功迁徙；一匹狼只有加入狼群，才会有猎杀虎豹的良机。新中国成立伊始，是“比铁还硬、比钢还强”的大力协同，支撑我们创造了“两弹一星”的奇迹。新时代新征程，“人心齐、泰山移”的大力协同，仍是我们的底气之根、力量之基、智慧之源。

如梦令·穗乡寄语

冯韶伟

庭外夜潮骤起，帘钩轻荡暗壁。
斜阳落花梢，檐下影与人齐。
星稀，星稀，漂流莫趁潮汐。

更回首，紫贝里，勋业频扬旌旗。
江乡雨频滴，思绪雁影辽寄。
无际，无际，橹声空惊倦堤。

在同一片海为你们点赞

2016年11月3日，我国最大推力新一代运载火箭——长征五号，在中国文昌航天发射场首飞圆满成功。

长征五号运载火箭是我国运载火箭升级换代的工程，其首次飞行任务的成功实施，填补了我国大推力无毒无污染液体火箭的空白，使我国火箭运载能力进入国际先进行列，是我国由航天大国迈向航天强国的重要标志。在此背景下，能在现场参与这次具有历史意义的发射，见证中国航天事业的“高光”时刻，每一名发射队员都心驰神往、充满期待。

冯韶伟也不例外。临近长征五号运载火箭首飞的那几天，当时还是火箭院北京宇航系统工程研究所11室设计人员的他，总是抑制不住心中的激动，作为长征五号运载火箭研制团队中的一员，他一直期待自己能够近距离陪伴火箭顺利升空。

可就在火箭首飞前3天，冯韶伟接到一个临时任务，到落区查看火箭助推器分离后坠落的姿态等情况。

冯韶伟说，长征五号运载火箭是中国人靠自主创新研制的大火箭，在总体构型、结构设计、推进技术、遥测技术和发射技术等方面，都实现了创新突破。作为研制团队成员，他陪伴着长征五号运载火箭一起走过700多个日日夜夜，他和同事们经常因为攻破一项技术难题而携手彻夜奋战，为这发火箭所有人都付出了很多努力。如今火箭就要首飞了，他多么希望能够亲眼看到它成功首飞。但首飞型号产品待验证的工作很多，助推器坠落的姿态和落区安全性等问题也十分重要，没有过多犹豫，冯韶伟接下了这项任务，踏上了远征的道路。

挥手道别发射场的“战友”，看着远远伫立的火箭，冯韶伟心中有不舍、有牵挂，亦有无限的祝福。

临行前，阴雨绵绵，冯韶伟在船甲板上看着一望无际的大海和渐行渐远的陆地，思念与祝福随着船启动的汽笛声一同飘远。他在朋友圈中写下了这首词，并留言:“兄弟姐妹们，加油！预祝圆满，我在同一片大海上，为你们点赞！”

深海没有信号，又赶上台风高发季节，冯韶伟与队友们几经波折，最后通过越洋电话了解到长征五号运载火箭首飞成功的消息，直到那一刻，他悬着的心总算落下来，在欣喜的同时，也为继续前行积蓄了更足的动力。

（阎琳琳）

射北斗

王夕

日出走烟雨，云裂波纹清。
天兆鸟兽乱，万物飞遁鸣。
任凭地震起，稳坐加注台。
疾行似履平，夜抚北斗琴。

航天人对成功的信念无可撼动

北斗卫星导航系统作为我国面向全球用户提供全天候、全天时、高精度定位、导航与授时服务的重要新型基础设施，一直以来广受关注，它的每一颗卫星成功入轨都意味着我们又向完成北斗卫星导航系统“三步走”战略任务迈进了一步。然而，成功路上不仅有汗水、艰辛，还有许多无法预知的意外发生。

2018 年 11 月 1 日 23 时 57 分，长征三号乙运载火箭在西昌卫星发射中心点火升空，成功将北斗三号工程首颗运行于地球静止同步轨道的卫星送入预定轨道。

值得一提的是，在这次成功发射的背后，还有一段小插曲：2018 年 10 月 31 日 16 点 29 分，四川省西昌市发生 5.1 级地震，震中距离发射场仅 50 多千米。据当地群众反映，他们能感觉到明显的震感。这给发射工作带来了极大的挑战和不确定性。

当时，火箭院北京宇航系统工程研究所 11 室设计员王夕就在发射场。他回忆，地震发生前，很多飞禽走兽已经表现出异常，中午吃饭的时候，他就看到很多小松鼠在路上跳来跳去，还有蛇、青蛙等小动物都出现在路边。但是当时，谁都没想到这竟是地震的前兆。

地震发生时，王夕与几个同事正在负责火箭常规氧化剂加注工作。突然，大厅内传来巨大的声响，所有的机柜都在晃动，像点火升空的火箭从头顶飞过一样。晃动 10 多秒之后，发射场拉起了警报，大家才知道是地震了。

“那是我第一次遇到地震，当时确实感觉挺害怕的，刚刚经历了晃动，又听到发射场的警报声，心脏怦怦怦跳得很快。”至今回想起当时的场景，王夕还是感觉有点紧张，但他跟现场的同事一样，并没有因为紧张而放下手中的工作跑到外面，而是纹丝不动，坚守岗位。

“地震持续时间较短，我们意识到是地震之后，马上想到的就是前端的加注情况，我们必须坚守岗位，确认加注的安全性。”王夕说道。

地震发生后，发射场紧急组织检查各系统设备状态，在确认无误后继续完成了加注工作。

最终，此次发射取得了圆满成功，这也让外界看到了中国航天在紧急情况下的应变和处理能力。当看到火箭成功发射，回想自己经历的第一次地震，王夕深刻体会到：航天人对成功的信念是任何事都撼动不了的。于是，他提笔写下了这首诗。

（阎琳琳）

长相思·山海天

陈胜哲

山外山，天外天，
山海天高灯一盏，
缱绻掠河汉。

雕弓挽，箭在弦，
雨歇风慢逐九天，
陌上花开繁。

弓满弦张　箭指成功

2021年4月，在海天一线的南海之畔，长征五号B遥二运载火箭（简称“长五B遥二火箭”）引箭弦上，整装待发。镜头进一步聚焦，能看到在塔架上紧张进行着测试的各系统发射队员们。此刻，他们也如火箭一样，紧绷着自己脑中的成功弦、质量弦、安全弦，齐心协力向着圆满成功忙碌着。

火箭院北京宇航系统工程研究所员工陈胜哲也在其中，这次是她首次担任火箭测量系统总指挥。测量系统用于测量全箭各类各系统遥测参数，在发射场的每一项测试，测量系统队员都要跟全程，将获取的数据处理后，给其他系统进行判读。

长五B遥二火箭发射空间站天和核心舱是我国载人航天工程空间站在轨建造任务的首战，这背后的重大意义陈胜哲和每个发射队员都深知。陈胜哲感觉自己就像行走在悬崖峭壁边，不敢有一丝分心和放松，她时刻告诫自己要保持冷静的头脑，积极应对每一项工作。

在处理问题时，陈胜哲能深深地感受到来自发射队员、型号两总和在北京后方保障同事的鼎力支持，他们就像是一盏盏黑暗中的灯，让陈胜哲知道自己不孤单，还有一群全力以赴的队友做彼此最坚强的后盾，大家团结一心、共赴成功。

忙忙碌碌间，终于迎来火箭发射，陈胜哲和测量系统的队员在射前 24 小时就来到测控大厅，进行发射前的各项准备工作。前期所有的辛苦忙碌只为这一天，发射队上上下下都打起十二万分的精神，屏息静待巨箭升空的那一刻。

随着发动机关机、抛整流罩等一系列动作的完成，长五 B 遥二火箭在星箭分离的那一刻圆满完成了自己的使命，发射队员们心里紧绷了许久的那根弦终于得以放松下来。而对于陈胜哲和测量系统的队员们来说，他们的任务还没有完全结束。

第二天，将火箭飞行全程的记录都收集完毕，传送给发射队后，陈胜哲终于得来片刻清闲。望着窗外盛开的鲜花，回想起自己这紧张但又充满收获的两个多月，她感激给自己帮助、照亮自己前行道路的每一个人，也由衷觉得经历风风雨雨、始终箭指成功的火箭人十分了不起。陈胜哲以这首词纪念这次难忘的发射，同时也希望每一次发射都能夺取成功，大家能始终走在鲜花盛开的路上。

（尚驰）

行路难

刘波

千里秦川塞雾岚，万仞太华阻磐磐；
山道崎岖通青天，举步维艰心忧烦。
踏浪负风翔云间，回旋无路利剑悬；
皎皎银辉楼台夜，踌躇望岳不欢颜。
行路难，行路难，多纷扰，在长安。
出门呼尔就美酒，微醺踏歌舞山峦。

等风来

时钟正在拨向新的一年，天气成了火箭院当时型号产品试验技术负责人刘波和试验队员们关注的“天”大之事。这次试验需要天气状况良好，而今，万事俱备，只等风来。

吃过早餐后，大家坐上了去试验场地的车。车窗外是一眼望不到边的大雾。天，阴沉沉的，坐在车里的刘波心凉了一半。

抵达目的地后，天气依旧无法满足产品飞行的条件。刘波和队员们只能继续跑流程、检查状态、一遍遍分析数据……在发动机嗡嗡的轰鸣声中，刘波从中感到了一种燃情，火红的尾焰像是航天人心中不灭的希望之火，在雾气中决然地迸发、升腾。

接连两天，愿借东风，吹尽阴霾，成了刘波和队员们冬日里最为迫切的期待。

又是等待的一天，农历小年到来，这天天气出奇的好，可惜刘波没有接到飞行通知。第3天早上，有零星的雪花落下。心急如焚的刘波和队员们刚到试验现场，漫天飞雪就扑面而来，一名队员在记录信息时，签字笔已变得不再流畅。在上传数据时，大家站在雪中等待，让纯净的雪花驱走因等待太久而产生的焦躁……

临近年关，每个人都更加渴望圆满完成任务。算下来，大家试验准备不止一年了，综合试验也有半年的时间，出差已有两个多月，所有人都希望收获一个结果、一个交代，以确定下一步工作努力的方向。

距离大年三十只剩下最后两天了。刘波从未这么渴望大风的到来。终于在最后一天，大风吹散了多日来的雾霾，也吹去了压在刘波等人心头上的阴霾。天空放晴，承载着新产品和新技术的型号产品飞出了完美的数据。

试验结束时，刘波的手表指针指向了17:40，最近的一个航班时间在一个半小时之后。大家欣喜之后匆忙收拾起了设备、文件、行李，一路奔向机场。在路上，刘波想起了李白的《行路难》，效仿写下了这首诗。

古人感叹“蜀道之难”，险阻化通途绝非易事，需要“天时地利人和”。同样，航天是一个大协作的系统工程，哪怕只是一个单项技术，也不仅仅是局限于某个单机设备，而是会受到各种因素的影响，需要系统的协调。各个环节的工作都理顺，才能取得事半功倍的效果。这正是航天人“大力协同”精神的应有之义。

（王莹）

青玉案·不眠夜

王欣

春晖复暖花枝韧。
云舒卷，雨洗尘。前瞻论证肩头沉。
当时一会，乾坤定转，论证严细慎。

影影绰绰夜更深。
终成鸿篇巨制文。冉冉年光无虚奔。
砥砺研发，待有新题，重头再发奋。

废寝忘食写方案

炎炎夏日的午后，知了趴在树干上发出阵阵蝉鸣，扰得人心更加烦躁。一扇窗户，将火箭院预研项目负责人王欣的办公室和窗外隔成两个世界。窗外燥热难耐，窗内的王欣正埋头整理论证方案，安静的办公室里只能听见他和同事们敲击键盘的嗒嗒声。

一型火箭从方案到实物再到成功发射，要经历一轮又一轮的论证和讨论，预研方案论证是迈出的第一步。这个项目的前期方案论证，就是王欣和同事们这段时间最重要的工作，想要这个项目继续往下走，就必须拿出能说服专家和评审团的方案。

但从零开始编写出一个完整的方案又谈何容易？王欣负责的这个项目没有资料可以参考、没有先例可借鉴。王欣和同事们做了先行者，如同开荒一般，将前期的论证方案一点点编写成型，废寝忘食、通宵达旦已是常事。

为了保证方案的可行性和先进性，王欣和同事们每 3、4 天就要对方案进行一轮优化。这几天，他们在进行新一轮方案优化时遇到了瓶颈。想要突破瓶颈别无他法，只能通过一点点尝试找到最优解，为此他们已经连续好几天加班到深夜了。

吃了几口的晚餐已经凉透，被随意地放在桌边，窗外的蝉鸣渐渐消散，月亮爬上了枝头又在当空高悬，对于王欣和同事们来说，今天又是一个再平常不过的、从早上一直忙碌到深夜的一天。当最后一个程序跑完，王欣突然发现，困扰了他们好几天的方案优化难题居然就在这次的尝试中找到了答案。

王欣赶紧将数据导出，又和同事们按照这次程序的设定把方案进行了一轮优化，终于形成了一个自己还算满意的前期论证方案。感觉放下一块心头大石的王欣此刻终于有时间打开窗户、望向窗外，才发现月亮不知道什么时候躲进了乌云后面，夏日突如其来的雷雨将燥热洗刷，空气里都是雨后泥土的芳香。

呼吸着雨后清新的空气，望着窗户上还残留的雨滴，王欣有感而发写下这首词，感慨自己和同事的冉冉年华没有虚度，也激励自己，这项工作的结束，只是漫长论证阶段暂告一个段落。预研道路上还有很多全新的挑战、全新的课题等着他们去征服。而之后的每一次，他们也会像这一次一样，全力以赴、不负年华、不负青春。

（尚驰）

贺捷报

程运江

鹰扬出塞云霄间，
击破云天万里山。
雷奔嘈嘈摧敌胆，
霆轰隆隆镇尘喧。

十年磨一剑　一朝试锋芒

“成功了！我们终于成功了！”当项目试验成功的消息第一时间从前方试验场传来时，在北京办公室里翘首期盼的火箭院战术总体部设计师程运江和参与项目的队员们沸腾了，他们兴奋得像孩子一样手舞足蹈。为了这一刻，他们盼了太久。

程运江清楚地记得，几年前，他们负责的项目迎来了试验场上的关键一战，然而，结果不遂人愿。看到苦心钻研的项目没有取得期盼的成绩，项目队员的心里犹如压了千斤巨石一样沉重，喘不过气来。从那时起，项目团队汲取经验教训，夜以继日，奋发图强，从整个产品状态优化改进到产品运用策略等方面，做了大量的仿真验证、数据分析等工作，以迎接下一次的“检阅”。

前不久，项目团队突然接到上级通知，要临时对产品的性能进行检验，上级领导还要亲临现场检视此次试验。此时，距离试验只剩下不到3周的时间。

程运江和项目队员都明白，此次试验如果不成功，不仅会严重打击项目团队成员的信心，更关键的是，会对火箭院在这个领域未来的市场占有产生不利影响。面对严峻形势，项目总指挥和总师沉着冷静，组织团队成员深入钻研，重点对试验产品状态、运用策略、试验预案等方面进行分析确认。项目团队成员全身心投入其中，从纷繁复杂的数据中抽丝剥茧，寻找制胜规律，力争万无一失。

受新冠肺炎疫情影响，大部分成员无法到试验现场开展工作，4 名试验总体人员支撑了原有 10 余人的现场工作。然而，试验前几天，用户方进一步提出多项新要求，这给项目团队带来了巨大挑战。任务紧急，团队成员迎难而上，按照用户不断升级的新需求，对产品使用策略进行了优化调整。如此反复，直到试验前一天晚上，项目总师带着团队成员一直奋战到试验当天的凌晨 3 点钟左右，才最终决定在既定的两个方案中启用第二套备用方案。

正式试验那天，北京下起了瓢泼大雨，雷霆阵阵，初秋大雨带来的丝丝凉意仿佛在抚慰后方队员们焦急的心情。好事尽从难处得，辉煌总自磨砺出。大家终于迎来了“成功”的喜讯。

“无论是在产品方案设计方面，还是产品使用策略研究方面，团队成员绝不含糊，发扬快、准、狠的精神，将一个个问题钻研到底。”回想这个项目的艰难过程，程运江深有感触，他说，“遇到工作需要互相补位时，团队成员践行‘鹰击长空，雁行有序’的理念，有序协作，让这支鹰雁团队在正确的道路上越飞越高，向卓越迈进。”

试验那天恰好是程运江的生日，一线的捷报是他收到的最好的生日礼物，他难掩兴奋，即兴作了一首激情澎湃的诗庆祝成功，记录永生难忘的一天，致敬不畏艰难、敢于拼搏的团队。

（李盈盈）

江城子·高原任务有感

董孟成

雪域高原露苍茫，东南将，西北望。
旌旗猎猎，东风呼啸狂。
为保神剑能穿杨，过长安，到青藏。

亮剑也需先拭剑，昆仑旁，昼夜忙。
黄沙凄雨，难挡志气昂。
一朝出鞘惊寰宇，凯歌唱，天下扬。

高原上盛开的“苍穹之花”

成长的机遇往往在不经意间到来，对于入职火箭院北京航天自动控制研究所仅仅1年的董孟成而言，机遇和挑战在2022年的夏天悄然而至。

为保障演习任务的圆满成功，型号队伍组织试验队奔赴高原为用户保驾护航，但是受北京新冠疫情的影响，试验队限制人员数量并需要队员们提前隔离，同时为保证其他研制任务的进度，设计人员必须身兼数职，这是董孟成第一次作为控制系统主要负责人员单独带队执行保障任务。

为了避免途经涉疫城市，试验队统一安排行程。经过十余个小时的奔波，第二天凌晨4点左右，队员们到达目的地，但是董孟成未有一丝疲惫和困意，紧张和激动一直充斥着他的大脑。虽然不是第一次来到这里，但是上次作为学习岗的他并未承担如此重要的责任，第一次单独执行保障任务让他有说不出的紧张和兴奋。

隔离期间，董孟成积极配合总体部门完成执行任务产品的控制系统测试数据复查工作；积极与前后方沟通，把控并确认产品技术状态；与总体部门讨论后续产品升级及测试工作的遗留问题、难点与处置预案，进行技术交底。尽管每天只有饭点才能与同事们面对面交流，但是董孟成并未感到孤单，隔离生活也十分充实，他在心底不断鼓励自己、告诫自己，一定要用严慎细实的工作作风，保质保量完成此次保障任务的全部工作，不辜负领导和同事的信任，珍惜每一次挑战与机遇。

由于此次任务规模大、型号多，留给每个型号团队的升级测试时间仅有24小时。时间紧、任务重，隔离一结束，试验队便按照之前的计划紧锣密鼓开展工作。高原的气候不同于北京，炎炎夏日，夜晚的温度仍让人不禁打起寒颤。厂房外风雨交加，厂房内热火朝天，试验队每个人都各司其职，全情投入，用最饱满的精神状态与最认真负责的工作态度完成着自己的工作。

尽管过程中有一些小插曲，但董孟成通过与后方保障人员的沟通确认，沉着冷静地解决了问题。24小时紧张的工作后，他带领团队完成了主备份产品的全部升级测试工作，前后方的通力协作也得到了用户的交口称赞。

随着一声轰鸣，苍茫的天地之间，一条“巨龙”腾空而起，直插云霄，看着远处那朵盛开的“苍穹之花”，董孟成心中感慨万千，默默期待。片刻后，落区传来了捷报。

那一刻，现场的试验人员都激动得无与伦比，董孟成内心也无比激动与喜悦，他写下这首《江城子》，记录这次珍贵的经历，也希望借此机会勉励包括自己在内的每一名航天新人，团结协作，勇攀高峰。

（撒文昭）

首飞圆梦

刘成国

廿载岁月守初心，三代同仁共圆梦。

千难万险何所惧，披荆斩棘攀高峰。

天女散花娉婷舞，斥候开路势如虹。

鸣镝出鞘风雷荡，航天逐梦啸长空。

众志成城共圆梦

火箭院北京航天长征飞行器研究所的刘成国是型号副总师，在型号产品研制过程中，他带领队员们团结一心，披荆斩棘，攻克重重难关，为实现共同的目标奋勇前进。

此次研制的型号产品不仅技术难度大、产品状态多，而且研制周期紧张，对于研制团队的队员们来说是不小的挑战。为了赶在规定时间内顺利完成各项工作，队员们奔赴各地，采取了协同作战的方式。讨论技术方案、攻克技术难题、开展技术验证……那段时间，大家可以说是全年无休，不是在加班途中，就是在出差路上，只留下夜晚的灯光述说着他们拼搏奋斗的故事，清晨的朝阳照亮着他们疾步前行的身影。

追梦者的路上从来没有“容易”二字，但汗水永远不会辜负努力。最终通过高效的协作，研制团队攻克了 6 项关键技术，完成了 100 余项地面试验，成功验证了产品性能，为任务最后的成功奠定了坚实的基础。

除了要攻克技术方面的难点，在型号产品研制过程中，队员们也面临着恶劣环境的考验。产品总装总测的那段日子就给刘成国和队员们留下了深刻的记忆。当时正值酷暑，产品测试的地点又正好在楼顶，阳光直射下，温度之高可想而知。队员们开展试验不到 20 分钟，衣服就全被汗水打湿了。还有部分产品试验需要在夜晚进行，虽不用像白天那样经受烈日暴晒，但群起而攻的蚊虫也让大家不能有一刻放松。

志之所趋，无远弗届，穷山距海，不能限也。牢记初心使命，航天人不怕吃苦，也敢于吃苦。在经受能力和毅力的双重考验下，队员们携手坚持了下来，克服了恶劣环境，并且只用两个月的时间就完成了数十套产品的测试工作，取得了不错的成果。

在型号产品首飞取得圆满成功之际，作为整个型号产品研制过程的参与者和领导者，刘成国感触颇深，遂写下这首《首飞圆梦》，讲述了型号任务成功的背后，有一批又一批研制队员的不懈奋斗，以及队员们不畏挑战、勇攀高峰的决心。他也用这首诗表达了参与这么重要的型号任务研制的荣幸骄傲，和历经千辛万苦与大家终获成功的喜悦万分。

（王冰）

临空赋

魏悦

青云盈岢兮路漫漫，东风绕岚兮舞山川。

望峰凝心兮隔浮世，窥谷经年兮不知还。

戴星汉兮临空，履大任兮上征。

四载兮一役，千古兮家国。

秣马兮鼓歌，壮士兮枕戈。

天时利兮亮吴钩，扶摇万里兮巡天河。

一心只为巡天河

在火箭院一型号产品发射指控大厅里，各系统试验队员目不转睛地盯着测试屏幕，从前方传回的数据中判断任务进展是否顺利，偌大的大厅里寂静无声。随着发射任务渐渐接近尾声，试验队员们眼中的激动越来越浓。终于，宣布“成功”的声音传来，大家喜悦的欢呼声迅速席卷了整个大厅。

火箭院临空部员工魏悦作为此次任务的政工人员，赶紧拿起相机，拍摄下试验队员一张张喜悦的笑脸，将这激动人心的一幕永久定格。其实，在魏悦的镜头中，试验队员很少有这样激动的时候，他们总是保持沉着冷静，将航天事业严慎细实的工作作风融入自己的工作和生活中的点滴细节，一心一意为最后的目标努力着。

魏悦记得，试验队有给队员们过生日的传统，在试验队员大欢过生日的这天，魏悦早早就到了食堂调试机位，想记录下大欢过生日的热闹场面。她等啊等，等了好久，寿星大欢才结束一天的工作姗姗而来，还在边走边和同事讨论着试验数据。点燃蜡烛、唱起生日快乐歌，利用就餐间隙，大家给大欢过了一个简单又热闹的生日。欢乐的气氛还未散，一转眼，大欢又端着生日蛋糕和同事继续讨论试验数据去了。

这就是试验队每个队员的日常，在魏悦的相册中，类似这样热闹的场面并不多，更多的还是大家投入工作时认真的样子，充分讨论不放过任何疑点、屏气凝神攻克装配难题、尽职尽责交接好每项工作……照片真实地记录着试验队员的点点滴滴。

在整个试验任务中，这样的画面，魏悦拍摄了许多、见证了很多，这也让她明白，成功不在一夕之间，只有每一个环节、每一项数据都毫不松懈，才能在点滴间筑牢成功的基石。作为试验队的一名新人，魏悦被试验队员一心一意为了任务圆满成功的精神感染着、激励着，做起政工工作也更起劲儿了。

正因为见证了试验队员的不易，魏悦才更加懂得成功时的喜悦多么珍贵，她写下这首楚辞，表达了对试验队员的敬佩，也是对自己的鞭策。天河群星璀璨，烂漫宇宙浩瀚无边，追梦路上，没有什么能够阻挡一心一意赢取成功的航天人。厉兵秣马、枕戈待旦、剑指成功，中国航天人必会将满天星河拥入怀中。

（尚驰）

西江月·扬州比测

张欣光

一场扬州比测，多少幕后英雄。
严慎细实勇担当，大局谋划若定。

八月四地奋战，诸将大力协同。
竞争择优展风采，首飞马到功成。

四地比测　百里挑一

产品质量对保证型号任务的成功至关重要。在一型号产品研制过程中，火箭院北京航天长征飞行器研究所的张欣光带领比测团队的队员们奔波于北京、扬州、保定、山西四地，从外协单位的多个单机产品中百里挑一，最终选择出了性能最优异的单机产品，助力型号产品首飞圆满成功。

“航天品质就是要精益求精，航天产品不允许一丝马虎。”在项目单机产品选择上，研制团队采取择优选用的方式，对参与竞争的多家单位的单机产品进行了实物对比测试。但新的问题出现在了大家面前。“这次型号任务的单机产品数量较多，每个产品都要进行多个不同性能的测试，能在规定时间内完成吗？”张欣光在心里泛起了嘀咕。

困难面前，没有退路可言；试验当下，没有捷径可走。要想准确取得单机产品的性能数据，找出其中最优异的产品，对比测团队来说，只能埋头苦干。准备测试设备、开展产品测试、整理判读试验数据、对比试验结果……比测团队的队员们一到试验现场就马上分工合作，忙活儿起来，抓住每一分每一秒的时间进行产品性能测试。

耕耘才有硕果，披星戴月成为队员们的工作常态。有时，为了保证一项试验的进度，队员们会通宵奋战，连续钻研两三天。从北京到扬州，从保定到山西，往往一个试验刚完成，来不及休息，他们就马不停蹄赶往下一个地点，开展新的测试。

历时 8 个月之久，顶住了酷暑，熬过了严寒，在比测团队队员们的共同努力下，终于完成了十余件单机产品的近百项对比测试，并从中选择出了性能最优异的产品，进一步保障了型号产品的质量和性能。

在型号任务首飞取得成功之际，张欣光回忆起与队员们日夜奋战、辗转多地进行比测的情景，不禁有感而发，写下了这首《西江月・扬州比测》。正如他词中所写，首飞马到功成的背后，离不开这些比测幕后英雄的严慎细实、离不开他们的勇于担当、离不开他们的团结协作。荣誉属于过去、奋斗创造未来。站在新的起点上，张欣光将和比测团队的队员们一起，用持续奋斗为航天强国建设添砖加瓦，用实干在航天强国建设的征程上乘风破浪。

（王冰）

慈母吟

韩继文

功盖江山成统一，名成四海弘正义。
喜迎建党百年际，峥嵘岁月忆往昔。
炎黄爱党慈母依，丹心赤诚写春秋。
国运昌隆贺华诞，千秋伟业世所稀。
航天儿女多奇志，敢教神箭问苍穹。
感此盛世怀先烈，继志济世意不移。
再铸辉煌展宏图，豪情万丈续华章。
俱兴逸怀思凌云，笑揽艳阳祝寿齐。

航天强国　百年有我

走出中国人民革命军事博物馆，抬头望着漫天晚霞，火箭院北京精密机电控制设备研究所重点实验室员工韩继文内心久久不能平静。按照参观路线一路走来，她和同事们重温了中国军事力量从弱到强的历程，心潮澎湃。

军事力量逐渐壮大的过程也是中国共产党百年征程的一个缩影，在中国共产党建党百年之际，韩继文写下这首诗，无论是作为一名中国共产党员，还是一名中国航天人，向第二个百年奋斗目标进军中，她都责无旁贷。

在这次参观过程中，韩继文印象最深刻的是中央展厅中陈列的中国近代以来的照片实物和军事装备，那些泛黄照片中的残垣断壁和破旧衣物上已经发暗的血迹，无声地宣告着战争的惨烈；而那些还带着战争痕迹的军事装备，闪耀出独属于中国人民的永不屈服、永远向上的精神之光。

这次参观让韩继文再次意识到祖国强盛、自立自强的重要意义。回到自己的工作中，航天事业的发展是维护国家安全的重要基石，能成为这股历史浪潮中的一个小水滴，韩继文感到无比光荣，同时也感受到了肩上的责任有多重。

2006 年，博士毕业的韩继文来到北京精密机电控制设备研究所。17 年来，她一直在预研的战线上奋斗，和同事们一起用最前沿的研究、最新的伺服研制生产技术，推动着航天伺服事业向着更高更远的目标前进。每当遇到感觉过不去的坎儿时，韩继文就会想起那些为了今天美好生活抛头颅洒热血的革命先烈，顿时又觉得自己充满干劲。

在韩继文和同事们的努力下，有很多预研项目变成了现实，助推航天伺服事业不断发展；同时，行无止境，还有很多新型伺服控制系统设计难题等着他们去攻克。这17年间，韩继文也始终用党员的标准严格要求自己，不怕苦、不怕难，冲锋在前。

回想往昔奋斗岁月，韩继文说自己只是一个普通人，只不过因为从事航天事业，可以站在巨人的肩膀上，为发展我国国防事业尽些微薄之力。中国共产党已走过百年风雨，面对新的百年征程，韩继文亦有幸可以成为其中一员，她告诫自己，要坚守初心、做好本职工作，“建党百年有我，航天强国有我”。

（尚驰）

小弈　小弈

董启超

我的名字叫小弈，只因我尚处“孩提”，
我生来向往和平，但此刻义无反顾，
将智慧化作“武器”。

我的“父母”将我养育，
他们夙兴夜寐，
一行行代码使我身体愈发强壮，
他们兀兀穷年，
一道道算法让我思维日益充盈，
只为让我更好适应，
那多变的“战场”环境。

我的成长遍布坎坷荆棘，
遇到复杂的态势与挑战，
一次次让逻辑突破重建，
面对他人的否定与质疑，
一遍遍用“战绩”证明自己。

请相信我，经历过风风雨雨，
在未来某天，
我定能与AlphaGo同台竞技，
我将注定在战场上洞察先机。

我的名字叫“小弈”，
我必将如数诠释航天人的智慧与勇气！

“弈”起进化

“胜利了！我们夺冠了！”2021年年底，在第三届“弈起进化”劳动竞赛决赛上，代表火箭院研究发展中心人工智能技术实验室团队出战的“小弈”AI智能体成功战胜来自各大研究所和知名高校的对弈者，获得总冠军。团队的每一个人都激动地欢呼，热泪夺眶而出。

这次大赛是智能体之间的兵棋推演博弈竞赛，代表国内顶尖智能体的较量，为了这次比赛，火箭院研究发展中心人工智能研究团队撸起袖子拼了2年，此次夺冠是对“小弈”的博弈能力及开发团队水平的极大认可，也是团队不畏困难、勇于挑战的最好见证。

2020年，国内人工智能发展方兴未艾，团队成立之初就承担起了人工智能研究的重任，研究发展中心人工智能技术实验室主任暗下决心，“不惜一切代价打造出属于自己的智能体”。然而，人工智能门槛较高，从无到有谈何容易。为了尽快实现零的突破，团队成员夙兴夜寐，埋头钻研，经过无数次的研讨、学习交流，研究报告和文件渐渐堆成了小山。“小弈”就这样在团队成员团结一心的努力下面世了。

自此，人工智能研究团队多了一个新成员——“小弈”。

在团队成员眼里，“小弈”不只是他们研发的产品，不是冷冰冰的机器人，而是与他们一起并肩战斗、荣辱与共的亲密“战友”，是他们的“孩子”。上百个昼夜星辰，数载寒暑往来，大家与“小弈”携手向前，勇于创新，奋力拼搏。

2022 年，新冠肺炎疫情在北京迅速蔓延，火箭院响应国家防疫要求，采取居家办公、严控到岗率的措施，力保防疫和科研生产两不误。但“小弈”的调试工作只能在单位内部进行，为了确保任务进度，“小弈”的“父母”们主动请缨，争取更多返岗名额。就这样，他们心甘情愿把自己关在隔离实验室，与“小弈”一起“进化”。在这期间，他们以实验室为家，每天晚上住在实验室里备用的临时折叠床上，深夜在服务器风扇的嗡嗡声中睡去。

尽管如此，他们丝毫不觉得这样的任务辛苦，反而认为自己很幸运，“‘小弈’的研究带给了我们很多乐趣，让我们的自我价值得以实现。”“编写‘小弈’的每一条逻辑，都好像是在与自己的孩子进行互动，在教会它的同时，我们也在成长。”

竞赛夺冠后，作为团队的一员，董启超难以抑制激动的心情，写下这首诗记录那段钻研拼搏的历程。未来，他们将与小弈一起，继续在人工智能领域探索，继续在我国航天智能化事业的发展中发光发热。

（李盈盈）

跟试赞

郭爱民

山高路远天阔，
远征叩关驰奔。
谁敢横刀立马，
还看航天青年。

“关键时候顶上去”

“青年的力量就是关键时候能顶上去、危难关头能站出来。”作为青年员工，火箭院空天安全总体技术部强度设计人员姚宇地将这句话记在心里，做在日常。2022 年，姚宇地用实际行动顶上去，保障了型号产品任务研制进度，并得到同事郭爱民一首《跟试赞》的赞扬。

这是一个星期六的中午，正忙着梳理项目方案报告的姚宇地接到领导的电话，“型号产品任务静力试验紧急提前，需要有人马上赶往天津现场跟试”。虽然这个型号产品任务并不是由自己负责，但想到试验的重要性，想到型号产品任务的时间节点紧张，想到自己是室里为数不多符合要求能马上赶往现场的人，姚宇地二话没说，毅然决然顶了上去，赶往天津试验现场跟试。

试验前，全面检查产品状态；试验中，实时观察载荷加载情况；试验后，认真判读试验数据……一到现场，姚宇地就马不停蹄开始了试验相关工作。从下午 3 点多到晚上 8 点，近 5 个小时，姚宇地和现场的试验人员终于合力完成了试验，保证了任务进度。

长时间聚精会神地跟试，不可避免会让人感到精神疲惫，但姚宇地却没有长时间停歇，喘了口气，就赶忙整理好试验数据判读结果，准备连夜赶回北京。一问才知道，原来他自己手中负责的项目 4 天后就要出方案报告，再过几天就要进行项目的评审，时间也非常紧张。

好事尽从难处得，辉煌总自磨砺出。在回京的路上，姚宇地也遇到了一点“小波折”。倾盆的大雨、堵车的检查站……原本平时只需一个半小时的车程，姚宇地用了 4 个多小时才回到北京。“真是第一次堵这么长时间。”回忆起当时的场景，姚宇地不禁感慨道。但想到能尽早回到岗位开展项目工作，他的心里就充满干劲，一天奔波的疲劳也被冲散。

其实，“关键时候顶上去”，说的不仅仅是姚宇地，也是无数为航天事业发展而冲锋陷阵的火箭院青年员工。“让我来！”“我先上！”“看我的！”……在这一句句熟悉又坚定的话语中，他们冲锋在前，舍小我为大我。当任务成功那一刻，他们流淌的汗水、一切的付出都格外闪亮。

（王冰）

七绝·继往开来

米弘

朔风凛冽透瀚州，
大漠烽烟燃正遒。
横空出世惊寰宇，
十战十捷利千秋！

为连战连捷高歌

风如刀、雪若席，苍凉的西北戈壁滩上寒风猎猎，试验队质量组长米弘跟随着型号试验队又一次来到位于戈壁的试验基地，执行飞试任务。她既紧张又激动，心情复杂。她知道，这是场必须取胜的战斗，是这个型号产品承上启下、继往开来的一战，具有里程碑式的重要意义。

此次任务与以往不同，要将产品运送到另一个阵地开展试验，这成为了试验队要跨越的最难关。由于路途较远又是冰天雪地，为了保证准时到达目的地，在试验队调度的统筹安排下，天还没亮，车队就出发了。数十辆车一字排开，每辆车都开启明亮的车灯，行进在蜿蜒的路上，绵延成一条闪烁的巨龙，载着队伍的热切希望，在茫茫戈壁上勇毅前行。

大约行进了一个小时，车队忽然停住了，前方遇到了一条“冰河”！说是“河”，但它上面并没有桥可走，因为那原本是一条泥泞的沟壑，被雨雪覆盖后又被车辆碾压，形成了冰冻的坑洼之路，足有百米宽，要想前行，只能从“冰河”上面横跨过去！有的越野车还勉强能颠簸而过，可运送试验队员和产品的大车，都在凹凸不平的冰沟中陷落……令米弘感动的是，队员们毫不退缩，在零下三十摄氏度的低温下，冲到车外，高喊着口号，用双手、身躯拼尽全身之力推动车辆，司机把油门加到最大，轮胎不停打滑，一次两次三次……经历了无数次摇摆，几辆大车终于被推过了“冰河”。

终于，车队在戈壁灿烂的朝阳中，按时抵达预定阵地，队员们以大力协同和顽强拼搏的精神，保证了试验任务的准时执行。

“飞行试验圆满成功！”的声音再次响起，这是米弘和队伍人员呕心沥血奋斗的回音，这是型号产品连战连捷的凯歌！此次成功为产品性能鉴定积累了重要的数据子样，为技术状态的确定打下了坚实基础，是型号研制的里程碑式成功。

米弘被成功的赢得所感动、被成功的狂喜所感染，写下一首七绝，为心之所向的连战连捷纵情高歌！

（撒文昭）

后记
POSTSCRIPT

自党的十八大以来，中国特色社会主义进入新时代。在以习近平同志为核心的党中央坚强领导下，我国航天事业取得了历史性成就，实现了跨越式发展，我国从航天大国加快向航天强国迈进。

习近平总书记曾指出，一代人有一代人的使命。步入新时代，无数航天人在伟大征程上奋勇前行，他们如前辈一样在新领域开疆拓土、在新任务中披荆斩棘，也如前辈一样在功名前隐姓埋名、在家国间舍“小”为“大”……宏大而壮阔的航天事业中，他们是创造者，是参与者，是见证者。

建功于新时代，航天人深感自豪、荣耀。唐朝著名诗人白居易曾言“文章合为时而著，歌诗合为事而作”。在新时代伟大征程中，投身于伟大事业，航天人用诗词记录所感所想，这些诗词创作背后蕴藏着或令人敬佩、或感人至深、或催人奋进的故事，展现着航天精神，充满着强大正能量。星星之火，可以燎原。《火箭诗情》一书构想便成形于此。

从2019年3月至今，本书编委会收到了火箭院干部员工的踊跃投稿。2022年，党的二十大胜利召开，站在新时代新征程新起点上，本书编委会从百余组作品中精挑细选，确定了66首诗词和背后的故事，并绘制展现航天人精神境界的绘画，为伟大时代、伟大事业而歌，为航天人、航天精神而赞。

新征程是充满光荣和梦想的远征。路虽远，行则将至，奋进在加快推进中国式现代化建设的新征程上，航天人当不负韶华，不负时代，谱写新的辉煌篇章。谨以此书献给党的二十大胜利召开，献给每一个正在奋斗的航天人。

在本书即将付梓之际，要特别感谢火箭院干部员工的大力支持与指导，编写过程中为本书提供宝贵的资料和素材，反复推敲文字表述，力求准确合宜。

由于诗词理论不足、水平有限，本书难免有不足之处，望读者雅正。